KB113956

톱스타
이건우

톱스타 이건우 7

크레도 장편소설

초판 1쇄 찍은 날 § 2018년 2월 9일
초판 1쇄 펴낸 날 § 2018년 2월 16일

지은이 § 크레도
펴낸이 § 서경석

총괄팀장 § 최하나
편집책임 § 이선근
편집 § 김슬기

펴낸곳 § 도서출판 청어람
등록번호 § 제387-1999-000006호
등록일자 § 1999. 5. 31
어람번호 § 제1-2846호

주소 § 경기도 부천시 부일로 483번길 40 서경B/D 3F (우) 14640
전화 § 032-656-4452 팩스 § 032-656-4453
http://www.chungeoram.com
E-mail § chungeorambook@daum.net

ISBN 979-11-04-91643-4 04810
ISBN 979-11-04-91462-1 (세트)

크레도 장편소설
FUSION FANTASTIC STORY

톱스타 이건우

7

도서출판 청어람

Contents

1. 한국에서의 해외 일정

건우와 소피아의 이야기는 많은 사람들을 감동시켰다. 미국은 물론 각 세계의 뉴스로 소개되었는데, 반응이 뜨거웠다. 소피아를 응원하는 많은 이들이 생겼고 후원금도 전보다 막대해졌다. 후원금이 워낙 많아 소피아의 아빠는 소피아의 병원비 이외에는 모두 기부를 하겠다는 뜻을 밝히기도 했다.

결론부터 말하면 소피아의 수술은 무사히 끝났고, 회복도 무척이나 빨라 의사들을 놀라게 했다고 한다. 기적이라는 표현이 나올 정도로 소피아는 건강해져서 좀 더 상태가 안정되면 학교도 다닐 수 있을 것 같다고 한다.

훈훈한 소식과 좋은 분위기 속에서 시간이 흘러갔다.

소피아와 에단이 참석한 시사회는 호평을 넘어 극찬이 이어 졌다. 주요 관계자들, 기자, 평론가들, 그리고 초청으로 참석한 여러 인원들은 스텝 롤이 올라가는 순간부터 자리에서 일어 나 기립 박수를 쳤다. 모두 흥분을 감출 수 없는 표정이었다. 다만 소피아가 요정왕이 죽었다면서 우는 바람에 건우가 달래 줘야 했다.

건우도 영화를 보고는 새삼 크리스틴 잭슨 감독의 실력을 확인할 수 있었다. 그의 독자적인 편집 기술은 판타지 영화를 예술로 승화시켰다.

    〈단언컨대 21세기 최고의 영화!〉
    〈영상미, 액션, 연기, 모든 것이 예술!〉
    〈골든 시크릿'! 모든 영화상을 휩쓸 것!〉
    〈위대한 역사의 시작. 당신은 '골든 시크릿'의 팬인 것을 자 랑스러워해야 한다〉

영화잡지와 평론가들이 앞다퉈 극찬을 내놓았다. 그들 중 에는 칭찬을 거의 하지 않는 평론가 에드먼도 있어 많은 사람 들을 놀라게 했다.

에드먼이 비평 없이 오로지 극찬만 한 영화는 80년대에 딱

한 작품 있었는데, 이로써 두 작품이 되었다.

로튼 토마토 지수는 당연하게도 100%였다. 로튼 토마토는 영화 관련 웹사이트 중 하나인데, 주로 비평가 위주의 평점을 매기는 곳이다. 과거, 연기력이 떨어지는 배우에게 토마토를 던졌던 것에서 비롯되었다.

시사회를 아주 좋은 분위기 속에 마치고 해외 홍보 일정에 맞춰 2차 예고편이 공개되었다. 조금 더 많은 분량이 공개되었는데, '골든 시크릿' 팬들뿐만 아니라 '골든 시크릿'을 몰랐던 팬들조차 흥분시켰다.

예고편에서 건우의 비중이 늘어난 만큼, 예고편 자체에 저절로 감정이입이 되는 소름 끼치는 경험을 했기 때문이다.

처음에는 건우의 팬들 위주로 예고편을 보고 자신의 반응을 찍는 리액션 영상이 미튜브에 올라왔다. 그러나 그 흐름이 거대해지면서 다른 미튜버들도 리액션 비디오를 올리기 시작했다. 그로 인해 자연스럽게 전 세계로 광고가 되고 있었다. 라인 브라더스 관계자 측은 '요정왕 이건우의 마법'이라고 말하고 다녔다. 이제 '골든 시크릿'의 팬들에게 이건우와 헬멘스는 동의어였다.

대단한 관심 속에서 개봉일이 정해졌다. 전 세계 동시 개봉이었다. 여러 나라를 돌아다니는 일정 중 첫 방문국은 한국이 되었다. 건우가 부탁한 것은 아니었지만 건우를 배려해 준 것이었다.

"한국은 처음이죠?"

"아시아는 이번이 처음입니다."

건우와 매니저는 차에 짐을 실고 있었다.

매니저 역시 건우를 따라갈 예정이었다. 에이전트에서도 건우의 위치는 대단히 높아져서 계약서에서 다뤘던 사항 이외의 것들도 해주었다.

건우의 이번 싱글 앨범은 미국의 주요 음악 시상식에서 상을 탈 것으로 점쳐졌다.

특히 그래미 어워드에서 주요 상들을 독식할 것이 거의 확정이나 다름없었다. 빌보드 신기록을 달성한 건우에게 상을 주지 않는다면 그건 분명 조작일 것이라는 얘기가 나오고 있었다.

게다가 들리는 소문에 의하면 '골든 시크릿'의 성공은 정해진 것과 다름없었고 건우의 이미지는 미국에서 거의 성인 수준이었다. 다음 계약을 위해서라도 각별하게 대해줄 수밖에 없었다.

에이전트에서는 설레발이기는 하지만 오스카상을 노려보자는 말까지 나왔다.

'에이전트에서 너무 챙겨주기는 하지만 상관없겠지.'

건우에게 조금이나마 불이익이 될 일이 있으면 바로 법무팀을 대거 보낼 정도였다. 건우가 관광이라도 가려고 하면 바로 차를 보내거나 비행기 티켓을 예매해 주었다. 매니저도 위에서 각별히 모시라는 압박이 심하게 들어오는 모양이었다. 수평적인 문화가 지배적이라고 생각했던 미국의 새로운 모습이었다.

'오랜만에 한국이군.'

쉴 때도 한국에 가지 않고 미국에 있었다.

수련을 위한 것도 있었고 정규 앨범의 완성도를 높이고자 틀어박혀 있던 이유도 있었다.

미국에서 가장 잘나간다는 가수들의 콘서트도 몰래 다녀왔고 나름 영감도 받았다. 중간에 사진이 찍혀 해당 가수가 영광이라고 SNS에 글을 올리기까지 했다.

건우는 공항으로 향했다. 매니저와는 이제 거의 친구처럼 지내고 있어서 대단히 편했다.

건우도 매니저를 잘 챙겨줬는데 한국산 포대기를 비롯한 여러 육아 용품들을 선물로 주었다.

그리고 가급적이면 아이와 같이 시간을 보낼 수 있게 배려를 해주었다.

"모든 일정이 끝나면 한국으로 돌아가실 건가요?"

"그래야겠죠. 애초부터 오래 있을 생각은 아니었는데… 정이 들어버렸네요."

"미국의 팬들이 난리가 나겠군요."

"하하, 그럴까요?"

건우가 묻자 매니저는 선글라스를 내리며 건우를 바라보았다.

"소식 못 들으셨나요? '가지 마, 건우!' 운동에 대해서."

"네? 그건 뭔가요?"

"건우 씨의 미국 팬들이 하고 있는 운동입니다. 지금은 소수이지만, 아마 영화 개봉이 되면 급격히 불어날걸요?"

"설마 그러겠어요? 뭐, 그래도 기분은 좋네요."

"만약 그렇지 않다면 제가 혼자라도 하겠습니다. 하하!"

공항에 도착하니 많은 팬들이 운집해 있었다. 예전과는 몇 배 이상 차이가 났다. 다양한 연령층이 있었는데 10대와 20대의 팬들이 가장 많았고 중년의 팬들도 상당했다.

다른 배우의 팬들도 있기는 했지만 소수였다. 모두 건우의 팬임을 알아볼 수 있도록 하얀 팔찌를 끼고 있었다. YS에서 UAA 에이전시와 협력하여 판매한 상품이었는데, 대부분은 불우한 아동을 돕는 기부금으로 쓰였다. 소수이기는 하지만 '가지 마, 건우!'라고 적혀 있는 피켓을 들고 있는 팬들도 보였다.

공항의 VIP 라운지에서 크리스틴 잭슨 감독과 배우들을 만났다. 반가운 인사를 나누고 비행기에 올랐다. 한국으로 향하는 비행기에 타니 기묘한 기분이 되었다.

'한국으로 가는 해외 일정인가.'

건우의 입장은 내한하는 할리우드 배우였다.

한국에서의 일정은 타이트하지 않았다. 배우들이 한국 관광을 할 시간이 충분했다. 건우가 YS와 집에 들를 시간은 충분했다.

'또 난리가 나겠구만.'

자신을 맞이한다고 YS에 무슨 일을 벌여놓았을지 벌써부터 궁금해졌다. 건우가 석준을 생각하며 피식 웃었다. 옆에 있던 에란이 그 모습을 바라보고 있었다.

"한국은 어디가 유명해?"

"음? 글쎄. 사실 나도 잘 몰라. 돌아다닌 적이 별로 없었거든."

"그럼 뭐 할 거야? 역시 집?"

건우는 고개를 끄덕였다.

"소속사에 들렀다가 어머니 분식집에도 가려고."

"그럼 나도……."

"분식집? 오! 그럼 건우 씨가 개발한 음식을 먹을 수 있는 건가요?"

에란의 말이 끝나기도 전에 제시카가 불쑥 나오며 끼어들었다. 그 말이 순식간에 퍼졌는지 크리스틴 잭슨까지 건우를 압박했다.

"으음, 건우에게 피해가 되니 그만들 하게."

신문을 보고 있던 이안이 그렇게 말하자 모두 아쉬운 표정으로 물러났다.

"그러니 제일 눈에 안 띄는 나만 가도 되겠군. 허허"

"아니, 나도 안 띄는데요? 한국에서는 제 얼굴을 아는 사람도 없을걸요?"

"허어, 자네는 감독이지 않는가. 체면을 지키시게나."

이안과 크리스틴 잭슨 감독의 설전이 한동안 이어졌다. 그러다가 다른 배우들도 참전해서 시끌벅적해졌다. 확실히 건우의 집에서 한 파티 이후에 모두와 급속도로 친해졌다. 이제는 모두 친구라 부를 수 있었다.

결국 자유시간이라 부를 수 있는 일정은 건우와 함께 소화하기로 결정되었다.

'석준이 형이 나를 놀라게 하는 게 아니라 내가 놀라게 만들 것 같네.'

훌륭한 리벤지가 될 것 같았다.

긴 비행 끝에 한국에 도착했다. 건우는 얼마나 많은 사람들이 왔을지 기대가 되었다. 의외로 한국보다는 해외에서 더 많은 인파가 몰렸던 것을 생각해 보면 사람이 적어도 실망하지는 않을 것 같기는 했다.

"여기가 요정왕 이건우의 나라입니까?"

제시카가 요즘 커뮤니티 사이트에서 유행하기 시작한 문장을 말했다. 한국에서 유행하고 있는 짤방에 삽입된 문장이었는데, 건우의 팬사이트에서 활동을 하고 있다 보니 알게 된 것이다. 건우의 팬사이트는 다양한 나라들의 팬들이 모이다 보니 자연스럽게 규모가 커지고 있었다.

정작 건우는 그런 유행에 대해서는 잘 몰랐다.

크리스틴 잭슨 감독, 그리고 배우들과 함께 출구로 나왔다.

"꺄아악!"

"와아!"

건우의 예상보다 많은 인파들이 몰려 있었다. 기자들도 많아 플래시 세례가 요란하게 터졌다. 에란을 비롯한 배우들은 인파에 당황한 듯 보였다.

크리스틴 잭슨 감독이 손을 흔드니 사람들이 환호성을 질렀다. 손을 흔든 크리스틴 잭슨 감독도 깜짝 놀라며 얼떨떨해했다. 그동안 많은 영화를 하면서 자연스레 많은 나라를 돌아다녀 봤지만 이런 열정적인 환영은 처음이었다.

한껏 기분이 좋아진 크리스틴 잭슨 감독은 두 손을 번쩍들며 크게 흔들었다.

'신났군.'

한국의 팬들이 격하게 환영해 주자 배우들의 기분도 들뜬것이 보였다. 건우도 금의환향하는 기분이 들어 기분이 좋아졌다.

건우는 여유 있게 손을 흔들어주었다. 많은 카메라들이 건우가 입국하는 것을 실시간 뉴스로 내보내고 있었다. 그만큼 화제가 되고 있었다.

로튼 토마토 지수 100%를 기록하고, 계속해서 극찬이 나오는 할리우드 대작 영화가 바로 '골든 시크릿'이었다. 해외 일정 중 방한을 가장 먼저 했고, 가장 오랫동안 있을 예정이니 한국의 영화 팬들 입장에서는 뿌듯해하고 기뻐할 만했다. 역대 최고라 불릴 정도로 많은 사람들이 몰려와 있었지만 질서정연했다.

건우와 배우들은 느릿하게 움직이며 최대한 오랫동안 공항에 머물렀다. 크리스틴 잭슨 감독이 유독 심했다. 배우들보다 더 카메라 플래시를 즐겼다.

"하핫! 나도 슈퍼스타였군."

"감독님, 이제 가야 하지 않을까요?"

"아니, 조금만 더 있다 가자. 마음 같아서는 영원히 여기에 있고 싶은데. 오! 건우! 봤어? 저기 내 이름도 엄청 써져 있어!"

영어로 '크리스틴 잭슨! 환영해요!'라고 써져 있는 피켓이 보였다. 그 밑에 한글로 '건우맘 잭슨'이라고 써져 있었다. 건우도 처음 보는 말이었다.

크리스틴 잭슨 감독도 궁금했는지 피켓을 가리키며 건우에게 물었다.

"건우, 저 밑에 글씨는 무슨 뜻이야?"

"건우맘이래요. 감독님이 제 엄마라는데요?"

"내가? 으하하!"

크리스틴 잭슨 감독이 호탕하게 웃으며 건우의 어깨를 두드렸다. 홍보용으로 나간 촬영장 스틸컷 중에서 유독 건우와 이야기를 하는 장면이 많았는데, 건우를 바라보는 눈빛과 표정이 마치 엄마가 아이를 바라보는 듯한 모습이라서 한국 팬들 사이에 그런 말이 생긴 것이다.

"음, 그럼 아빠도 있을까?"

"글쎄요."

건우가 고개를 갸웃하며 웃자 옆에 있던 에란이 움찔했다. 은근하게 건우를 챙겨주는 모습이 찍혀서인지 크리스틴 잭슨 감독처럼 폭 넓게 퍼진 것은 아니지만 그녀도 '에란이 아빠'라는 별명을 듣고 있는 중이었다. 제시카는 누나 포지션이었다.

건우는 크리스틴 잭슨 감독의 신난 모습에 피식 웃고는 준비된 밴에 올랐다. 한국에서의 해외 일정이 본격적으로 시작된 것이다.

*　　　　*　　　　*

건우는 호텔에 묵을 필요는 없었지만 그래도 '골든 시크릿' 팀으로 홍보 활동을 하는 것이었기에 똑같은 호텔에서 머물기로 정했다. 호텔은 당연히 좋은 곳이었고, 배우들도 만족스러워했다.

한국에서의 첫 일정은 한국 기자, 그리고 팬들과 소통하는 장소였는데, 호텔 근처에 위치한 이벤트 홀에서 있을 예정이었다. 그리고 따로 연예 프로그램과의 인터뷰도 해야 했다.

호텔에서 짐을 풀고 조금 쉬다가 이벤트 홀로 이동했다. 건우는 기자들에게 크리스틴 잭슨 감독과 배우들이 무슨 질문을 받을지 걱정되었다.

약간 그런 내색을 하자 크리스틴 잭슨 감독은 걱정 말라면서 엄지를 치켜들었다.

"걱정 마! 내가 엄청 띄워줄게. 나만 믿으라고."

"감독님, 조금 진정하시는 게 어때요?"

"진정? 하하하! 스타는 관심을 즐기는 법이지."

지금의 크리스틴 잭슨 감독은 아무도 말릴 수 없을 것 같았다. 이안이 건우의 어깨에 손을 올리면서 고개를 저었다.

"그냥 두게나. 저러다 말겠지."

"원래 늦바람이 무서운 법이라던데요."

"현실의 참혹함을 알게 된다면 괜찮을 게야."

이안은 혀를 차며 고개를 저었다.

크리스틴 잭슨 감독은 영화 팬들에게는 명성이 있었지만 인기를 몰고 다니거나 하는 스타일은 아니었다. 건우는 한국의 영화 팬들이 그에게 잘 좀 대해줬으면 좋겠다는 생각이 들었다.

이벤트 홀로 이동한 그들은 잠시 대기실에서 시간을 보냈다. 대기실에는 각종 간식과 음료수들이 놓여져 있었다. 스테판이 대기실에 있는 커다란 TV를 켰다.

"지금 뉴스에 나오는 것 같은데요? 오, 이렇게 보니까 정말 엄청나게 많은 사람들이 몰려 왔었네요."

마침 뉴스로 '골든 시크릿'팀의 입국 소식을 알려주고 있었다. 건우가 여유 있게 손을 흔드는 장면과 크리스틴 잭슨 감독이 방방 뛰는 모습이 잡혔다. 감독이 아니라 차라리 개그맨에 가까웠지만 보기는 좋았다.

화면 속의 건우가 유난히 반짝이며 빛나고 있었다. 은연중에 건우 중심으로 움직이고 있어 더욱 그런 면이 있었다.

['골든 시크릿' 홍보를 위해 할리우드 스타들이 내한하였습니다. 그 중심에는 대한민국의 자랑스러운 배우이자 가수 이건우…….]

오그라드는 말들이 나와 건우는 더 이상 뉴스를 보지 않았다. 건우의 귀국을 맞아 '이건우, 미국을 정복하다'라는 다큐멘

터리도 만든다고 한다. 건우는 다큐멘터리 촬영에 응한 적은 없지만, LA에서 한국 취재팀을 봤다고 하는 소문이 들려왔고, 몇몇 배우들이 인터뷰에 응했다고 한다.

스태프들이 인이어를 나눠 주었다. 동시통역을 위한 것이었는데, 건우는 착용할 필요가 없었다.

시간이 되어 대기실 밖으로 나가니 사회를 맡은 MC의 목소리가 들렸다. 남자 개그맨이었는데 건우는 그가 누구인지 알아보지 못했다.

건우와 함께 크리스틴 잭슨 감독과 배우들이 무대 위로 올랐다. 무대는 제법 잘 꾸며져 있었다. 붉은 단상이 있었고 음료수와 함께 개인마다 마이크가 놓여 있었다. 그리고 그 뒤에 있는 대형 스크린에서는 '골든 시크릿'의 포스터가 비쳐지고 있었다.

"꺄아아악!"

기자들뿐만 아니라 조금 떨어진 곳에 팬들도 함께 자리를 했다. 플래시 세례와 격한 팬들의 환영에 모두 미소 지으면서 손을 흔들었다. 크리스틴 잭슨 감독이 팬들을 향해 엄지를 치켜들자 환호 소리가 더욱 커졌다.

'완전히 즐기고 있군.'

팬들이 그의 움직임 하나하나에 반응해 주니 흥분되고 즐거운 모양이었다. 그러나 거의 대부분의 스포트라이트는 건우가 독차지하고 있었다. 물이 오르다 못해 완벽해진 건우의 모습은 많은 사람들의 숨마저 막히게 만들었다.

이번 이벤트는 미튜브와 다이버 in TV를 통해서 실시간으로 방송된다고 한다.

"먼 길을 오신 분들을 위해 뜨거운 박수 한 번 더 주세요!"

MC의 멘트에 팬들이 박수를 무척이나 강하게 쳤다. 시간이 많은 편이었기에 조금 널널한 분위기 속에서 진행되었다.

"크리스틴 잭슨 감독님께서 한국 팬분들께 선물을 준비하셨다고 들었습니다."

MC가 그렇게 말하자 크리스틴 잭슨 감독이 빙긋 웃더니 마이크를 잡았다.

"안뇽하세요!"

"꺄아악!"

"감사함니다. 싸랑해요!"

비행기에서 건우에게 배운 한국말을 하자 반응이 뜨거웠다. 크리스틴 잭슨 감독은 대단히 흐뭇해하며 건우를 힐끔 바라보았다. 저 상태의 크리스틴 잭슨 감독은 아무도 못 말렸다. 건우는 계속하라고 손짓할 뿐이었다.

"일단 한국 팬분들의 뜨거운 사랑에 감사드립니다. 태어나 처음 받아보는 열렬한 환영이었습니다. 인기남이 바로 이런 기분을 느끼는구나 알게 되었습니다."

"와아!"

"더 소리 질러주세요!"

크리스틴 잭슨의 말을 통역사가 빠르게 통역해 주었다. 크리스틴 잭슨 감독은 만족스러운 표정을 지으면서 말을 이었다. 건우는 크리스틴 잭슨 감독이 MC를 했어도 유명해졌을 것 같다는 생각이 들었다.

"전 세계에서 처음으로 메이킹 영상을……."

"오오오!"

통역이 다 되지 않았음에도 팬들이 술렁였다.

"여기서 공개하도록 하겠습니다."

"와아!"

홍보용으로 제작된 메이킹 영상의 일부가 한국에서 최초로 공개되는 것이었다. 물론 하루 정도 뒤에 미튜브를 통해 전 세계로 공개가 되지만 처음이라는 것은 팬들에게 특별하게 다가갈 것이다.

조명이 어두워지고 스크린에 '골든 시크릿'의 글귀가 떠올랐다. 건우도 처음 보는 영상이었다.

바로 세트장이 나왔는데 엘븐스 성의 내부였다. 크리스틴 잭슨 감독이 걸어 나오면서 간단한 인사를 했다.

[이곳이 바로 엘븐스 성의 내부입니다. 여기에서 아주 많은 일들이 일어났지요. 어!? 저기 엘프들이 보이는 것 같군요! 가

봅시다! 조심하도록 하세요. 엘프들은 낯선 이방인을 결코 좋아하지 않으니까요.]

크리스틴 잭슨 감독이 카메라를 이끌고 밖으로 나가니 CG가 입혀질 초록색 천막 앞에서 조나단과 함께 이야기를 하고 있는 건우의 모습이 보였다.

건우는 검을 들면서 직접 여러 가지 시범을 보이고 있는데, 팬들과 기자들은 그 모습에서 눈을 뗄 수 없었다.

[액션 코디네이터 조나단과 그리고 우리 요정왕 헬멘스 역의 이건우 씨가 보이네요. 아! 이건우 씨는 무술 자문으로 저와 조나단을 돕고 있습니다. 지금까지 촬영한 액션의 대부분에 관여하고 있지요.]

"오오……"

영상 속 크리스틴 잭슨 감독의 말에 팬들이 놀랐다. 외부에는 소개가 되지 않았던 이야기였기 때문이다.

[건우! 여기 봐봐!]

[뭐예요? 갑자기.]

[미래에서 널 보고 있는 팬들께 인사해.]

영상 속 건우는 피식 웃었다. 건우가 한국어로 이야기하기 시작했다.

[안녕하세요? 이건우입니다. LA에 와서 이렇게 촬영 중입니다. 모두 다 친절하고 좋은 분들입니다. 특히 감독님이 참 재

미있죠. 어쩔 때는 개그맨 같다니까요?]

[으응? 뭐라고 한 거야?]

[감독님이 멋지다고요.]

영상에서는 건우가 촬영하는 모습을 조금 보여주었다. 예고 편에서 공개되어 있던 장면이었는데, 메이킹 필름으로 보니 새로웠다. 인상적인 장면은 E팀이 건우를 졸졸 따라다니는 장면이었다. 에란과 제시카 그리고 수많은 엘프들이 마치 어미 오리를 따라다니는 새끼 오리처럼 따라다니고 있었다.

크리스틴 잭슨 감독은 이안과 함께 그 모습을 보고 있었다.

[어떻게 생각하시나요?]

[음, 요정왕의 매력에 빠져 버렸구만. 허허. 저건 약도 없을 것 같네.]

[확실히 그렇군요.]

그 후 여러 장면이 이어졌다. 크리스틴 잭슨 감독은 배우들을 소개시켜 주었고, 촬영 장면도 살짝 공개했다. 영화가 개봉될 때까지의 갈증을 축이기에는 부족했지만 그래도 어느 정도 채워줬을 것이다.

다른 할리우드 영화팀은 홍보와 인터뷰만 조금 하다가 간 것에 비해 '골든 시크릿' 팀은 이번 내한에 꽤 많은 신경을 쓴 티가 났다. 건우가 있기 때문에 그런 것도 있었지만 한국 영화 시장은 꽤 큰 편이었다. 많은 배급사들이 투자를 하고 있는 것을 보면 잘 알 수 있었다.

그 후 기자들과 팬들의 질문을 받는 시간이 이어졌다. 한국이다 보니 자연스럽게 주제는 이건우로 갈 수밖에 없었다. 기분 나빠할 법도 하지만 누구도 기분 나빠하지 않고 오히려 눈을 반짝이며 적극적으로 말하려 했다.

"감독님께 질문드리고 싶습니다. 한국 팬들 사이에서 건우 맘이라는 별명이 있으신데 어떻게 생각하시나요?"

"하하! 정말 마음에 듭니다. 제 진짜 아들이 이렇게 훌륭한 배우가 될 수 있다면 뭐든지 할 겁니다. 지금의 이건우라는 배우를 보건대, 제가 그런 별명으로 불렸던 것을 영광으로 생각해야 하는 날이 반드시 올 겁니다."

사뭇 진지하게 대답한 크리스틴 잭슨 감독이었다. 보통 립 서비스라고 생각할 테지만 그럴 수 없었다. 다른 배우들이 마이크를 들고는 말을 이어갔기 때문이다.

이안이 마이크를 들었다.

"그렇지요. 정말 훌륭한 배우입니다. 그리고 뛰어난 가수이기도 하지요. 허허, 건우의 몸값이 범접할 수 없게 되기 전에 또 한 번 같이 영화를 찍고 싶군요."

이안의 말이 끝나자마자 제시카가 마이크를 들고는 건우를 바라보았다. 그 눈빛에는 존경과 애정이 가득 담겨 있었다. 건우는 그 눈빛이 이제는 익숙했지만 장소가 장소이니만큼 어색하게 웃을 뿐이었다.

"건우 씨에게 정말 많은 것을 배웠어요. 연기자로서뿐만 아니라 개인적으로도 정말 사랑스러운 사람이에요. 푹 빠져 있습니다."

"제시, 오해받을 발언은 하지 말지?"

에란이 제시카에게 주의를 주었다. 제시카는 어깨를 으쓱할 뿐이었다. 누구도 이런 상황을 립 서비스라고 생각할 수 없었다.

다이버 in TV에서만 7만 명에 달하는 이들이 생방송으로 지켜보고 있었다. 워낙 많은 숫자가 있다 보니 채팅방은 닫혀져 있었고 댓글 형식으로 글을 남길 수 있게 되어 있었다.

rads****: 제시카 눈에서 꿀 떨어지는 거 봐라ㅋ.

—RE: dwd****: 진심 반한 것 같다.

—RE: ten****: 에란 로비도 그런 것 같은데ㅋㅋ. 새침한 척하는데 이건우한테서 눈을 못 떼고 있음.

line****: 그 와중에 에란 로비 엄청 예쁘네. 진짜 엘프 같다. 근데 이건우한테는 안 되는 듯. 남자인데 이건우만 보임.

lsm****: 이건우한테 두유노우김치 하는 거 보소. ㅋ기자 센스가 미쳤네ㅋㅋ.

ddws****: 영화 존잼일듯. 예고편 보는데 숨 막힌 적은 처음임.

—RE: lws****: 판타지 영화 취향 아닌데, 이번 건 보러가 야겠네요.

다이버 검색어 순위는 이건우가 1등이었고 에란 로비, 그리 고 제시카가 이어지고 있었다. 에란 로비의 경우에는 한국에 꽤 알려져 있었지만 제시카는 아니었다. 그녀는 이번 기회를 통해 한국 영화팬들에게 단단히 눈도장을 찍을 수 있었다.

"이건우 씨, 한국의 많은 연예인들이 이건우 씨를 이상형으 로 꼽았는데요, 기분이 어떠십니까? 듣자 하니 미국에서도 1위 로 선정되었다던데요."

"네, 그렇게 생각해 주시니 영광입니다. 근데… 음, 영화와 관련된 질문을 해주시면 감사하겠습니다."

건우는 난감한 질문을 많이 받았지만 그럭저럭 잘 넘겼다. 영화에 관한 질문 외에 사적인 질문도 있었지만 양해를 구하 며 넘어갔다.

좋은 분위기 속에서 마무리되었다. 모두 끝인 줄 알고 마지 막 인사를 준비할 때였다.

"잠시만 기다려 주세요."

MC가 웃으면서 그렇게 말했다. 사전에 상의가 되지 않은 무언가가 있는 것 같았다. 갑자기 조명이 어두워졌다. 건우는 물론이고 배우들도 궁금한 표정으로 상황을 지켜보았다.

스태프들이 무언가를 들고 무대 위로 올라왔다.

"오!"

크리스틴 잭슨 감독이 깜짝 놀라며 감탄사를 내뱉었다. 스태프들이 들고 온 것은 커다란 케이크였다. 나름 '골든 시크릿'의 콘셉트에 맞는 케익이었는데 크리스틴 잭슨 감독의 이름이 써져 있었다.

배우들도 물론 그의 생일이 오늘인 것을 알고 있었다. 저녁에 호텔에서 조촐하게 파티를 할 계획이기도 했다. 크리스틴 잭슨 감독 앞에 촛불이 켜진 케이크가 다가오자 팬들이 노래를 부르기 시작했다.

누구나 다 아는 생일 축가였다.

"사랑하는 크리스틴 잭슨!"

"생일 축하합니다!"

삼백 명이 넘는 팬들이 노래를 불러주었다. 배우들도 자리에서 일어나 박수를 치면서 노래를 따라 불렀다. 건우도 마찬가지였다.

크리스틴 잭슨 감독의 눈시울이 붉어졌다. 격한 감동을 받은 모양이었다.

노래가 끝나자 촛불을 불었다. 크리스틴 잭슨 감독이 마이크를 잡았지만 울컥하는 바람에 말을 잇지 못했다.

"와아아아!"

"울지 마요!"

팬들이 그렇게 외쳤다. 스태프가 선물을 전해주니 그가 참았던 눈물이 터뜨렸다. 조금 진정되자 마이크를 들었다.

"감사합니다. 하핫! 정말 많이 감동했습니다. 영원히 잊지 못할 거예요."

짧은 감사의 말이었지만 많은 감정이 함축되어 있었다. 무대에서 인사를 하고는 대기실로 돌아왔다. 크리스틴 잭슨 감독은 아직도 감동의 여운이 진하게 남아 있는 듯했다.

"건우, 나 한국에서 살까?"

"네? 하하."

"여기만큼 날 사랑해 주는 곳은 없는 것 같아."

반쯤은 진심인 것 같았다. 건우는 웃을 수밖에 없었다.

"감독님이 한국에 계시면 2부, 3부는 어떻게 찍어요?"

"그건 그러네. 으으, 음, 그 문제는 나중에 생각하고 일단 인증샷을 올려야겠어."

크리스틴 잭슨 감독은 선물과 함께 환하게 웃으면서 SNS에 사진을 올렸다.

한국을 사랑한다는 말을 남기는 것도 잊지 않았다. 건우의 도움을 받아 한국어로 작성했는데, 그가 김잭슨이라는 별명을 얻는 순간이었다.

건우는 연예 1번지라는 프로그램과 인터뷰가 예정되어 있었다. 이벤트 홀 옆에 있는 방으로 다가가니 익숙한 얼굴이 보였다.

건우의 매니저와 손짓 발짓을 동원해 이야기를 나누고 있는 승엽이었다.

승엽은 건우를 보자마자 달려왔다. 웃으면서 건우를 끌어안았다.

"이야, 이게 누구야. 할리우드 스타 아니냐! 얼굴이 아주 좋아 보이는데?"

"그러냐?"

"야, 왔으면 이 형님한테 바로 전화를 해야지"

승엽은 고생을 좀 하고 있는지 조금 살이 빠져 있었지만 그래도 건강해 보였다. 요즘 한국에서 잘나가는 그룹을 전담으로 맡고 있다고 한다. 가끔 건우의 집에도 찾아가 건우의 어머니에게 안부 인사도 하고 있었는데, 건우는 그게 너무 고마웠다.

건우는 승엽에게 정식으로 매니저를 소개시켜 주었다. 그러나 영어 회화 실력이 미숙해 대화가 잘 이루어지지 않았다.

"으, 영어 공부 좀 할걸. 대표님도 요즘 영어 공부 엄청 열심히 하더라."

"그래? 그럼 잘되었네."

"뭐가?"

건우는 조금 난감한 표정이 되었다. 오늘 저녁 늦게까지 짜인 스케줄을 전부 소화하고 내일은 자유 시간이었다. 배우들은 한국의 배급사 측에서 가이드와 함께 경호원까지 붙여준다는 것도 거절했다.

건우를 따라다니기 위함이었다.

"YS에 방문할지도 모르거든."

"누가? 너?"

"아마… 배우들 대부분?"

"에란 로비와 제시카, 그리고 감독님도?"

건우가 고개를 끄덕이자 승엽은 건우를 어이없다는 눈으로 바라보았다.

"아무래도 너 온다고 해서 엄청 준비하던데… 다시 연락해 봐야겠네."

승엽은 바로 석준에게 전화했다. 핸드폰 너머로 석준의 큰 목소리가 건우의 귀에도 들렸다. 건우는 그런 승엽을 뒤로 하고 인터뷰가 있는 방으로 들어갔다.

방으로 들어가니 카메라와 함께 리포터가 기다리고 있었다. 미녀 리포터로 유명한 김지혜였다.

본래는 개그우먼이었지만 본인의 특기를 살려 이쪽으로 전향했다. CF까지 찍는 등 나름 좋은 활동을 하고 있는 중이었다.

"미국을 점령하고 오신 이건우 씨입니다! 와아!"

김지혜가 호들갑스럽게 건우를 소개하자 건우는 미소 지으면서 김지혜의 앞에 있는 의자에 앉았다. 김지혜는 몽롱한 표정이 되었다. 건우의 파격적인 실물을 처음 접했기 때문이다.

"실제로 뵈니 실물이 훨씬 더 멋지시네요!"

"감사합니다."

"건우 씨, 자신이 잘생긴 것은 아시나요?"

이제는 익숙해져 버린 질문이었다. 예전처럼 겸손을 떨 필요는 없을 것 같았다. 건우는 조금 생각하다가 살짝 웃었다.

"네. 제가 좀 생긴 것 같습니다. 저를 이렇게 낳아주신 부모님께 감사드립니다."

"멋진 외모만큼이나 정말 대단한 연기력으로 무장하셨으니 미국을 떠들썩하게 만든 것이 당연한 것 같네요."

건우의 낯이 조금 부끄러울 정도로 건우를 띄워줬다.

건우는 오글거렸지만 그런 티를 내지 않고 여유 있는 태도로 인터뷰에 응했다.

건우는 이번 영화에 대한 설명을 했고 LA에서의 생활에 대해서도 이야기했다.

가벼운 분위기가 아니라 진지한 분위기 속에서 인터뷰가 진행되었다. 그것은 건우가 바란 것이기도 했다.

이번 영화의 중요성을 알고 있는 만큼 진지하게 임하고 싶었기 때문이다.

"할리우드 촬영은 어떠셨나요? 한국과 다른 점이 있던가요?"

"음, 한국에서 영화를 찍어본 적이 없어 정확히 비교는 할 수 없지만… 할리우드는 모든 것이 계획적으로 돌아가는 느낌이 들었어요. 아무래도 드라마를 찍었을 때와는 다를 수밖에 없겠죠."

"그렇군요! 최근에 깜짝 발표 하신 헬멘스의 성전도 한국에서 신드롬을 일으키고 있는데요. 그만큼 많은 팬분들이 정규 앨범 발매를 기다리고 있습니다. 혹시 계획이 있으신가요?"

건우는 고개를 끄덕였다. 본래 영화를 찍지 않았다면 정규 앨범을 냈을 것이다.

이건우 정규 1집은 YS에서도 대단히 신경 쓰고 있었다. 아마 미국에서의 모든 일정이 마무리되면 건우는 바로 작업에 들어갈 것 같았다.

"네, 아직 구체적으로 정해지지는 않았지만 작업에 들어갈 예정이기는 합니다."

"기대되네요!"

인터뷰가 마무리되려고 할 때 카메라가 옆으로 돌아갔다. 누군가 몰래 방으로 들어왔는데, 에란 로비와 제시카, 그리고 크리스틴 잭슨 감독이었다. 카메라가 돌아가니 손을 흔드는 모습이 능청스러워 보였다.

결국 인터뷰에 난입이 되어 보기 드문 광경이 연출되었다. 김지혜도 영어를 할 줄 알았기에 진행에는 문제가 없었다.

크게 웃으면서 이런저런 이야기를 쏟아내는 크리스틴 잭슨 감독, 조곤조곤 할 말을 다 하는 에란 로비, 그리고 아슬아슬한 수위의 도발적인 발언을 던지는 제시카.

김지혜는 식은땀을 흘리면서 원활한 진행을 하려고 노력했다.

'난장판이구만.'

친해지니 좋기는 하지만 예전보다 더 피곤하다고 느껴졌다. 김지혜는 여기저기 날아다니는 멘트들을 정리하기 위해 애썼다.

"그, 그럼 크리스틴 잭슨 감독님은 건우 씨의 멘토시군요."

"그렇다고 보면 되지요. 하하!"

"에란 로비 씨는 건우 씨와 무척이나 친한 친구고… 제시카 스텔론 씨는 건우 씨가 이상형인 걸로… 됐나요?"

"네."

"좋네요."

셋은 나름 만족스러운 표정이었다. 딱히 오해의 소지가 있는 발언들은 나오지 않았지만, 건우는 잘 좀 편집해 달라고 부탁했다.

그렇게 첫날은 정신없는 스케줄 속에서 끝이 났다.

*　　　　　*　　　　　*

건우와 배우들은 여러 매체의 인터뷰에 응하느라 저녁 늦게 호텔로 돌아왔다.

조촐하게 크리스틴 잭슨 감독의 생일 파티를 한 뒤에 바로 잠이 들었다.

한국 방문 전에도, 방문 후에도 예능 출연 요청이 많이 들어왔는데, 건우는 모두 거절했다.

한국에 있는 동안 자유롭게 지내고 싶었고 다른 스케줄을 소화하기는 싫었기 때문이다.

그래도 한국에서 자유 시간을 갖게 되었으니, 다른 배우들에게 적어도 서울만큼은 구경시켜 주고 싶었다. 다들 한국이 처음이었다.

먼저 YS 사옥에 들렀다. 배우들도 졸졸 따라왔는데, 석준이 직접 마중을 나왔다.

석준은 왜인지 엄청나게 잘 차려입고 있었다. 무슨 시상식에라도 가는 패션이었다.

승엽에게 슬쩍 물어보니 원래는 한복을 입으려 했는데 소속 가수들과 연습생들이 말렸다고 한다.

건우가 배우들을 소개시켜 주었다. 석준은 사업가 마인드보다는 건우의 친한 형으로서 그들을 대했다.

석준은 건우가 깜짝 놀랄 정도로 영어를 조금 했다. 요새영어를 배운다는 말을 들었지만 이 정도일 줄은 몰랐던 건우였다.

이안이 석준과 악수를 나누었다.

"오, 자네 기타리스트 아닌가?"

"어떻게……?"

"내가 영국에 있을 때 한번 본 것 같네. 15년? 아니 18년 전인가?"

"맞습니다. 하하!"

"허허! 그때 공연 멋졌네."

석준은 예전에 영국에서 공연을 한 적이 있던 모양이었다. 훈훈한 분위기 속에서 인사를 마쳤다.

"조금… 무리한 거 아니에요?"

"첫인상이 중요하잖냐. 크흐! 그것보다 좋았나 봐? 신수가훤한데?"

"저는 여기가 더 좋습니다."

"당연히 그래야지."

석준과 이야기를 하며 모두와 함께 사옥에 들어갔다.

사옥을 들어간 건우는 황당함에 고개를 설레 내저을 수밖에 없었다.

사옥의 입구에는 건우의 대형 브로마이드가 걸려 있었고 벽에는 온통 건우의 사진뿐이었다. 게다가 건우의 밀랍 인형이 세워져 있었다.

그뿐만이 아니었다. 여러 플래카드들도 가득했다.

—빌보드 신기록! 대단하다 이건우!

—'골든 시크릿' 대박 기원!

—건우, 하고 싶은 거 다 해!

—YS의 요정왕 이건우!

예전보다 훨씬 심해져 있었다. 배우들은 그것을 배경으로 인증샷을 찍기 시작했다.

"아, 이건 찍지 마셨으면 하는데……."

"하하핫! 네가 부끄러워하는 모습을 보다니 운이 좋구만!"

건우가 말렸지만 크리스틴 잭슨 감독과 배우들은 들은 척도 하지 않았다. YS 사옥을 구경하고 건우가 작업했던 작업실에서 가볍게 노래도 녹음하는 등 나름 재미있는 시간을 보냈다.

석준은 그렇게 특별하게 이들을 대하지는 않았다. 그저 미국에서 온 건우의 친구 정도로 대하고 있었다.

케이팝에 관심이 있는 제시카는 진지하게 석준과 상담하기도 했다.

어려운 내용은 건우가 직접 통역해 주었다. 제시카가 건우를 바라보며 의미심장한 미소를 지었지만 건우는 보지 못했다.

YS에서 차를 빌린 다음 건우는 서울의 주요 관광지를 돌아다녔다.

승엽도 함께했는데, 승엽은 꽤 능숙하게 가이드를 해주었다. 사람들과 기자들이 몰려왔지만 관광을 방해하지는 않았다.

단지 가볍게 SNS에서 도배가 되고 포털 사이트 검색어를 장악할 뿐이었다.

저녁에는 드디어 건우의 어머니가 하는 분식집으로 향했다. 미리 연락을 했는데, 건우의 어머니는 아예 분식집을 비워 놓았다.

'오, 확장 공사가 끝났나 보네.'

분식집을 옮기는 대신 확장했고 인테리어를 새로 했다. 입구에는 건우의 사진이 붙어 있었고 벽에는 포스트잇이 잔뜩 붙어 있었다. 건우를 응원하거나 분식집에 대한 소소한 감상들이었다.

"어서 오렴."

건우는 어머니를 보자마자 포옹했다.

어머니는 이미 많은 요리를 준비해 놓은 채 그들을 기다리고 있었다.

크리스틴 잭슨 감독이 한국어로 인사를 건네자 어머니는 웃으면서 반갑게 대해주었다.

제시카가 먼저 건우의 어머니에게 달라붙으면서 인사를 했다. 그러자 에란도 마찬가지로 인사를 하더니 이야기를 나누기 시작했다.

말은 통하지 않았지만 뭔가 이야기가 통하는 듯해 보였다.

"건우야!"

"후배님!"

진희와 리온도 와 있었다. 건우가 초대했는데, 먼저 와서 어머니를 돕고 있던 모양이었다.

진희가 울먹이면서 건우를 바라보았다. 리온은 아예 펑펑 울었다.

이안은 그 광경을 보면서 흐뭇하게 웃었다.

"허허, 자네 매력을 좀 자제하게나. 음, 뭐 그게 마음대로 되었으면 이렇게 안 되었겠지. 허허허. 기왕 이렇게 된 거 청춘이니 즐기시게!"

이안이 건우에게 그런 말을 해주었다.

분식집에 할리우드 배우들과 대한민국의 대표 미녀 배우 진희, 그리고 이제는 뮤지션으로 거듭난 리온이 있었다. 곧 석준도 도착했는데, 조합이 무척이나 색달랐다.

건우는 핸드폰을 꺼내 사진 앱을 켰다. 이렇게 건우가 직접 찍는 것은 무척이나 드문 일이었다.

"오오! 건우가 사진을 찍는다! 보기 드문 광경인걸!"

크리스틴 잭슨 감독이 벌떡 일어나며 외쳤다. 그러자 모두 건우를 바라보았다.

"테이크 픽처? 그, 뭐지? 영어로."

"리온, 너 유학파 아니었어?"

"하핫, 2개월 갔다 왔습니다. 예전 소속사에서 좀 과장했죠."

"…그건 관광파 아니야?"

진희와 리온이 투닥거리고 있었다.

건우는 모두의 모습이 다 나올 수 있도록 핸드폰을 들어올렸다. 모두 작은 테이블에 모였다.

"모두 최대한 환하게 웃어요! 건우가 처음으로 찍어주는 단체 사진이야!"

크리스틴 잭슨 감독이 외치자 모두 카메라를 향해 함박웃음을 머금었다.

건우의 어머니는 그게 웃긴지 웃음을 터뜨렸다.

찰칵!

사진이 찍혔다. 확인해 보니 꽤 잘 나왔다. 색다른 조합이었음에도 모두 잘 어울렸다. 모두에게 그 사진을 전송하고는 건우는 앞치마를 둘렀다.

"위장은 충분히 비워놨겠죠?"

건우가 그렇게 말하며 씨익 웃었다.

건우는 다양한 요리와 음식을 뽑아냈다.

어머니가 준비한 요리와 합쳐지니 양이 대단히 많았지만 모두 깨끗이 비워졌다.

모두 건우가 한 요리의 맛이 주는 행복을 다시 한번 깨달아 버려 예전으로 돌아갈 수 없는 몸이 되어버렸다.

어머니도 주의 깊게 바라보았는데, 며칠 뒤 건우가 미국에 있으면서 개발한 음식들이 메뉴에 걸리게 되었다.

훗날, 전국 3 대 맛집 중 하나가 되는 전설의 시작이었다.

한국에서의 즐거운 날들이 그렇게 지나갔다.

해외 홍보를 마치고 나서도 배우들 모두 한국에서 겪은 이야기밖에 하지 않았다.

그들은 내심 이것도 건우 효과가 아닌가 생각했다.

2. 개봉

시간이 흐르고 드디어 '골든 시크릿'의 개봉일이 다가왔다. '골든 시크릿'의 팬들에게는 축제였고 개봉 시기가 겹치는 라이벌 영화들은 긴장을 할 수밖에 없었다. 시사회에서 여러 평론가들에게 역대 최고의 점수를 받으며 화려한 시작을 알린 '골든 시크릿'이었다.

그 소식에 개봉 시기가 겹치던 히어로 영화가 개봉을 뒤로 미룰 정도였다.

로버트 트레버스는 미튜버 최고의 영화 평론가였다. 그는 본래 과거 잡지사에서 일했는데, 은퇴 이후 소일거리로 영화 평론 영상을 만들어 미튜브에 올리곤 했다. 그게 소문이 번지다 보니 구독자가 240만에 이르는 대형 미튜버로 거듭나게 되었다.

메이저 언론사나 영화 잡지에 기재되는 평론이 아니다 보니 그의 발언은 훨씬 자유로웠다.

늘 깔끔한 슈트를 입고 다니고 머리마저 단정하게 빗는 노년의 신사 같은 모습이었지만 사실 그의 성격은 불같았다.

—이런 개똥 같은 영화! 감독이 필름을 처먹고 엉덩이로 만든 영화!

—영화 속 한 장면, 한 장면 모두 머저리 같았다. 제작비로 똥만 닦다 끝난 영화.

주옥같은 명언을 남긴 그의 한줄 평론들이었다.

그는 아무리 시사회에 초대받아도 가지 않았는데, 시사회에 초대되어 간다면 좋게 영화 평론을 해줘야 할 것 같은 그런 느낌이 싫어서였다. 그래서 그는 늘 개봉일 첫 상영에 영화를 보았다.

공격적인 언사로 영화를 평론해 호불호가 갈리기는 하지만 대체로 맞는 말이니 그의 리뷰를 최고로 치는 영화팬들이 많았다. 골수 영화팬들에게는 로튼 토마토 지수와 더불어 영화

선별의 중요한 기준이 되고 있었다.

'흐음, 커피가 맛이 없군.'

로버트는 인상을 구겼다. 늘 먹던 커피숍의 주인이 바뀌었는지 커피의 맛이 변한 게 느껴졌다. 자신을 제외하고는 모든 것이 변하고 있는 느낌에 그는 고독을 느꼈다.

'이번에도 쓰레기일 것 같은데.'

영화 잡지나 평론가들이 돈을 처먹었는지 말도 안 되는 멘트로 홍보를 하고 있었다. 그는 개인적으로 라인 브라더스의 작품을 싫어했고 특히 판타지는 더욱 취향이 아니었다. 그러나 '골든 시크릿'은 요즘 가장 기대를 받는 영화였다. 미튜브를 통해 벌이가 쏠쏠하니만큼 의무감으로라도 봐야 했다. 물론 어떻게 까줄까 하는 생각이 머릿속에 가득 차 있었지만 말이다.

그는 거칠게 신문을 내려놓고 영화관으로 향했다.

시내 중심에 있는 영화관은 꽤 긴 역사를 자랑하는 곳이었다. 그가 청년이었을 적부터 지금까지 그 자리를 지키고 있었다.

"흐음? 쯧쯧."

로버트는 혀를 찼다. 영화관은 벌써부터 사람들로 북적였는데, 판타지에 있을 법한 갑옷이나 복장을 하고 온 사람들도 많았다.

영화관에서 저게 무슨 추태란 말인가.

"오오! 최후의 성전!"

"오오~ 오오~"

심지어 노래까지 불렀다. 로버트는 고개를 설레 내저었다. 더욱더 심혈을 기울여 영화를 까야겠다는 생각이 머리를 가득 채웠다. 표를 끊고 의자에 앉아 기다렸다.

갑옷을 입은 청년이 그를 힐끔 보더니 그의 옆에 앉았다.

"오! 영감님도 '골든 시크릿'을 보러 오신 건가요?"

"…음."

"크흐! 정말 기대되지 않습니까? 특히 요정왕의 멋진 모습은 정말이지……!"

요정왕.

로버트는 이건우라는 배우에 대해 조사한 적이 있었다. 그의 노래는 개인적으로 좋아하고 지금도 매일 듣고 있었다. 그러나 로버트는 이건우가 연기력보다는 얼굴 때문에 뽑혔다고 생각했다. 노래는 좋았지만 연기는 잘해봐야 평범한 수준일 것이라고 생각했다.

예고편이라도 봤으면 그런 생각이 들지 않겠지만 그는 영화를 보기 전에 예고편을 보지 않았다. 영화 평론에 방해가 된다고 생각했기 때문이다.

이건우의 선행은 분명 보기 좋았다. 그러나 언론에서 호들갑을 떨어대니 그저 홍보용으로밖에 보이지 않았다.

로버트는 배우 이건우에 대해서는 부정적인 입장이었다.

"조용이 좀 하게. 귀가 울리는군."

로버트가 살짝 인상을 쓰면서 말했다. 이렇게 말하면 충분히 이야기가 통할 거라고 생각했던 로버트는 자신이 어리석다고 생각할 수밖에 없었다.

"아니! 이런 경사스러운 날에 어떻게 가만히 있을 수 있습니까? 그렇지 않소? 원정대 여러분!"

"오오오오!"

"중간계가 우리를 부르고 있습니다!"

"오오오!"

갑옷을 입은 남자가 벌떡 일어나며 외치자 주변에 있던 사람들이 주먹을 들고는 소리를 질렀다. 알고 보니 이곳에서 '골든 시크릿'에 관한 여러 행사를 주최했다고 한다. 마니아들에게는 성지로 통하는 곳이었다.

로버트의 기억 속에 순수했던 영화관은 이미 타락해 있었다. 예전 음악들이 사라져 가는 것처럼 그렇게 덧없이 바뀌어 가고 있는 것이다.

로버트는 한숨을 내쉬며 소란 속에서 입장 시간이 오기를 기다렸다. 마침내 입장할 시간이었다.

"크흠, 그럼 잘 가시게. 영화 볼 때는 조용히 해주었으면 좋겠군."

"그건 당연한 거 아닙니까?"

"그, 그렇지."

로버트는 할 말이 없었다. 영화관 안으로 들어가서 자리에 앉았다. 로버트나 자리에 앉고 긴 한숨을 내쉴 때였다.

"오, 영감님."

"응? 자네……."

"옆자리네요?"

청년은 갑옷을 덜컥이며 옆자리에 앉았다. 로버트는 머리를 감싸 쥐며 한숨을 내쉬었다. 영화 몰입에 방해가 될 것이 뻔했기 때문이다.

'쓰레기 영화라면 몰입할 필요도 없겠지만.'

이렇게 되니 가볍게 감상하는 것도 괜찮을 것 같았다.

"…로버트일세."

"아, 저는 로저라고 불러주세요."

"음, 자네와 자네 친구들은… 좀 독특하군."

로버트가 옆을 바라보니 엘프와 오크, 그리고 두꺼운 옷을 입은 드워프도 있었다.

"'골든 시크릿'을 사랑한다면 이 정도는 보통이죠!"

"그런가."

"영감님은 원작 안 읽어보셨나요?"

"음… 난 그런 건 별로라……."

로저가 물기 어린 눈으로 로버트를 바라보면서 고개를 끄덕였다. 마치 어떤 미래가 펼쳐질지 안다는 듯한 눈동자였다. 동정을 받고 있는 것 같기도 했다. 로버트는 어째서 저런 눈빛으로 자신을 보는지 이해할 수가 없었다.

로버트는 스크린을 바라보다가 슬쩍 로저 쪽을 바라보았다. 로저와 친구들이 의자에서 내려와 무릎을 꿇고는 기도를 올리고 있었다.

"크흠……."

그냥 이해하는 것을 그냥 포기하는 편이 좋을 것 같았다. 주위를 둘러보니 많은 사람들이 그 기도를 따라하고 있었다. 로버트는 날카로운 이성을 유지하며 침착하려 노력했다.

조금 긴 광고가 끝나고 드디어 영화가 시작이 되었다.

라인 브라더스의 로고는 언제 봐도 그를 불편하게 만들었다. 최근 몇 년간 쓰레기 같은 작품만 만들어냈기 때문이다. 그가 제일 많이 깐 배급사가 바로 라인 브라더스였다.

로버트는 팔짱을 낀 채로 스크린을 주시했다.

'흐음, 괜찮군.'

초반은 흥미로웠다. 방대한 세계관을 적절하게 잘 설명해 주었고 표현해 주었다. CG도 전혀 어색하지 않고 사실적이었다. 세트장은 심혈을 기울여 만들었음이 눈에 확 보였다. 그는 라인 브라더스가 제법 신경을 썼다고 생각했다.

판타지는 별로 좋아하지 않았지만 도입부만으로도 충분히 흥미가 생겼다.

"오오!"

"역시 왕자인가."

"왕의 재목답군."

주변에서 그런 말이 나왔지만 로버트는 집중을 하고 있어 들리지 않았다. 가시나무 숲에서 벌어진 전투는 그도 감탄을 하게 만들었다. 곧이어 나타난 엘프 공주 셀라 역시 화려한 액션을 보여주었다.

전형적인 할리우드 액션이 아니었다. 대단히 사실적이면서도 영화 특유의 움직임이 살아 있었다. 크리스틴 잭슨 감독은 결코 액션신에 강한 감독이 아니었는데, 로버트를 놀라게 만들었다.

로버트는 팔짱을 풀었다. 그가 팔짱을 푼 것은 이 영화를 본격적으로 음미해 보겠다는 뜻이었다.

드디어 세간에서 그렇게 떠들어댔던 요정왕이 등장했다.

"허억!"

소름이 끼쳤다. 그리고 심장이 마구마구 뛰었다. 식은땀이 흘러내리며 그의 수염에 맺혔다. 요정왕을 본 순간 진짜로 요정왕이 자신을 죽일 것 같은 느낌에 충격을 받은 것이다.

로버트뿐만 아니라 로저와 그의 친구들도 눈을 부릅뜨면서 스크린에서 시선을 떼지 못했다. 감히 시선을 뗀다면 요정왕이 아름다운 칼로 목을 뎅겅 베어버릴 것 같았기 때문이다.

요정왕의 대사 하나하나가 피부에 직접 와닿았다. 3D 버전은 한 타임 뒤에 있었는데 3D로 봤으면 아마 심장에 무리가 갔을 것이다.

"아아……."

요정왕과 현자의 말다툼은 박력이 넘쳤다. 마치 스크린을 찢고 나올 것 같은 모습을 보여주었다. 도저히 연기로 보이지 않았다. 그의 마음이 이것은 현실이라고 끊임없이 외치고 있었다.

로버트는 자신도 모르게 의자의 손잡이를 꽈악 쥐고 있었다. 요정왕이 사라지고 다른 장면이 나오자 겨우 정신을 차릴 수 있었다.

'미쳤다! 이 영화는 미쳤어!'

그런 생각밖에 들지 않았다. 물론 좋은 의미로 미쳤다는 말이었다. 스토리는 이미 원작으로 검증이 된 상태이니 말할 것도 없지만 연기는 정말 그가 본 어떤 영화보다 뛰어났다. 아니 아예 범접할 수 없었다.

다른 배우도 그러했지만 이건우가 등장하면 자동적으로 몸에 힘이 들어갔다. 내일 몸살에 걸릴지도 모르겠다는 걱정이 들었다.

"오오!"

"폐하께서 드디어……!"

요정왕이 나올 때마다 소란스러워졌지만 불만은 없었다. 로버트도 소리 내어 감탄할 수밖에 없었기 때문이다.

그런 와중에도 영화는 계속 진행되었다. 영화는 완급 조절이 무척이나 뛰어났다. 몰아칠 때는 확실하게 몰아쳤고 풀어줄 때는 미소가 나올 정도로 훌륭하게 풀어주었다.

영화 중반부를 지나자 무섭고 압도적이었던 요정왕의 인간적인 면을 볼 수 있었다. 딸을 사랑하는 마음이 스크린 너머로 절실하게 전해졌다. 입체적인 캐릭터라고 극찬을 할 수도 있었지만 이미 자신의 찬사는 필요하지 않으리라. 원작을 보지는 않았지만 저 요정왕을 넘어설 캐릭터는 이제 도저히 나올 것 같지 않았다.

로버트는 영화에서 가장 인기 있는 캐릭터가 바로 저 요정왕이 될 것임을 확신했다.

원정대가 가시나무 숲을 나서자 서서히 마지막을 향해 분위기가 고조되기 시작했다. 오크와의 싸움은 박진감이 넘쳤다. 오크들은 살벌한 기세로 날붙이를 휘둘렀고 사실감 넘치는 싸움이 이어졌다.

캐릭터마다 개성이 넘쳤고 스토리는 물 흐르듯이 흘러갔다. 연출은 화려했지만 정도를 지켰다. '골든 시크릿'은 너무나도 멋진 세계였다.

요정왕이 모든 것을 내려놓고 가시나무 숲 밖으로 나오면서 극이 절정으로 향해 달려갔다.

"허어!"

로버트는 탄성을 내뱉었다.

요정왕과 오크들의 숨 막히는 싸움이 이어졌고 드디어 지독하게 주인공들을 괴롭혔던 검은 오크가 등장했다. 진짜 눈앞에서 날붙이가 휘둘러지고 베이는 것 같은 기분이 들었다. 그 생생함에 로버트는 침을 꿀꺽 삼킬 수밖에 없었다. 실제로 비명을 지르면서 움찔거리는 관객들도 있었다.

"이런!"

"오! 안 돼!"

"크윽."

마지막으로 요정왕이 성을 무너뜨리며 검은 오크와 함께 죽는 장면은 영화를 보며 운 적이 단 한 번도 없는 로버트의 눈시울마저 붉게 만들었다.

자신의 희생으로 딸의 무사함을 바라는 요정왕의 마음이 절실하게 느껴졌기 때문이다.

엘프 공주 셸라가 뒤를 돌아보며 석양을 바라보는 장면을 마지막으로 영화가 끝났다. 명백하게 후속작을 염두에 둔 엔딩이지만 결코 불완전하게 느껴지지 않았다. 로버트는 이 작품만으로도 완벽에 가깝다고 생각했다.

"흐흐흑……."

"요정왕다운 희생이었어."

"이 명장면이 이렇게 더욱더 아름다운 장면으로 재탄생하다니! 죽어도 여한이 없다."

짝짝짝짝!

박수 세례가 터져 나왔다.

거의 대부분의 관객들이 자리에서 일어나 기립 박수를 쳤다. 눈물을 훔치는 관객들도 많았다.

로버트도 자리에서 일어나 눈물을 닦고는 박수를 쳤다. 영화를 보고 이런 감정이 든 적은 태어나서 처음이었다.

"영감님! 흐윽!"

"크… 내가 자네를 오해한 것 같군."

엔딩 크레디트가 올라갔다. 영화관의 조명이 켜졌지만 자리에서 벗어나는 관객들은 드물었다. 누군가 시작했는지는 모르지만 헬멘스의 성전이 울려 퍼지기 시작했다.

민폐였지만 분위기가 중요했다. 영화관에 있는 아무도 그걸 불쾌하게 받아들이지 않았다. 오히려 방금 죽은 헬멘스를 기리는 마음에 동참하고 싶어 했다.

영화에 너무 과몰입된 것 같았지만 지금 이들에게는 아무래도 상관없는 일이었다.

로버트도 마찬가지였다.

"영감님! 슬픔을 함께 나눠요!"

"허허! 그러세!"

로버트와 로저는 어깨동무를 하며 노래를 즐겼다. 로버트는 헬멘스의 성전을 잘 몰랐지만 후렴 부분은 따라할 수 있게 되었다. 가슴이 뜨거워졌다. 처음 흑백영화를 보았을 때의 그날로 돌아온 것 같았다.

"'골든 시크릿'의 성공은 말할 것도 없겠지. 성공 그 이상의 것을 완성시켰어.'

로버트는 진심으로 그렇게 생각했다. '골든 시크릿'을 까겠다는 생각은 머릿속에서 사라진 지 오래였다. 어떻게 하면 많은 사람들이 이 거룩한 영화를 볼 수 있게 만들지를 생각하고 있었다.

'원작을 봐야겠군.'

어째서 이런 좋은 세계를 지금 알았단 말인가.

조금 과하게 표현하자면 그동안의 인생이 마치 허송세월처럼 느껴졌다. 시대가 변하며 꿈틀거리는 고동 소리를 로버트는 처음으로 현장에서 느꼈다.

"영감님! 뒤풀이가 있는데 가실래요? 저희 멤버들을 소개시켜 드릴게요."

"그러도록 하세."

"영감님, 그러고 보니까 현자와 꽤 닮았는데요?"

"허허, 그 배우와 닮았다는 말은 꽤 들었네."

로버트는 단숨에 '골든 시크릿'에 입덕해 버렸다. 로버트뿐만 아니라 영화를 보러온 일반 관객들도 그렇게 되었다.

다음 날, 미튜버에 로버트의 '골든 시크릿' 평론 영상이 올라왔다.

언제나 정장만을 고집하던 로버트가 정장을 벗어던지고 현자 복장을 한 채 영화를 극찬하고 있었다.

영화 시장의 돌풍을 넘어 폭풍을 예견한 영상이었다.

'골든 시크릿' 열풍!

전 세계는 현재 '골든 시크릿'에 빠져 있다고 해도 과언이 아니었다.

개봉 첫 주부터 압도적인 격차로 박스오피스 1위를 기록했고 매일 흥행 기록을 갈아치우고 있는 중이었다.

북미 개봉 15일 만에 누적 수입 7억 달러를 돌파했고 이대로라면 북미 역대 최고의 흥행 기록을 가뿐하게 갈아치울 것이란 전망이 나왔다. 북미뿐만 아니라 전 세계적으로도 열풍이었다.

세계 언론사들은 '골든 시크릿'이 세계 영화를 전부 통틀어 역대 최고의 흥행 영화가 될 것이라고 입을 모았다. 너무나 빠르고 무서운 기세였다. 도저히 적수를 찾아볼 수 없었고 이

광풍을 잠재울 수 있는 라이벌도 보이지 않았다. 현재 개봉관은 '골든 시크릿' 독주 체제였다.

오죽하면 미국 대통령까지 SNS로 건우를 언급하며 '요정왕을 살려내라! 엘븐스에 특사를 파견하겠다!'라고 농담 섞인 멘트를 남길 정도였다. 이미지를 위한 일이라는 분석도 있었지만, 그만큼 건우와 '골든 시크릿'의 영향력을 알 수 있었던 사건이었다.

라인 브라더스 픽처스는 행복한 비명을 지르고 있었다.

'골든 시크릿'에서 가장 주목받는 배우는 역시 이건우였다. 관객들로 하여금 소름끼치는 공포와 경외, 그리고 감동을 준 연기는 엄청난 화제가 되고 있었다.

유명 영화 잡지에서는 이 세상의 연기가 아니라고 평가할 정도였다.

감정이 절로 움직이는, 너무나 생생한 건우의 연기 때문에 영화를 보다가 구급차에 실려 간 사람도 있었는데, 다행히 목숨에 지장은 없었다고 한다. 경고 글이 붙는 해프닝도 있었지만 흥행의 열기를 막을 수는 없었다. 오히려 더 기름을 붓는 형국이 되었다.

건우의 몸값은 당연하게도 계속해서 치솟고 있었다. '골든 시크릿'을 계약할 때도 꽤 많이 받은 편이었지만 이제는 그 정도 가격으로는 건우를 절대 모셔갈 수 없었다.

건우가 몸담고 있는 에이전트도 바빠졌다. 영화가 초대박을 치고 역대 신기록을 갱신해 나가니 그 중심에 있는 건우에게 러브콜이 밀려들어 왔다. 토크 쇼부터 시작해서 콘서트 제의, 그리고 차기작 제의까지 그야말로 소나기처럼 쏟아져 내린 다는 말이 어울렸다.

이미 미국에서 건우의 인지도는 굉장히 높아졌는데, 이제는 최고의 연예인들과 비교해도 꿇리지 않고 오히려 더 능가한 것이 아니냐는 말이 나올 정도였다.

'골든 시크릿'의 열풍은 이건우가 있었기 때문에 가능했다고 해도 과언이 아니었기에 그런 반응들이 당연하게 여겨지기도 했다.

한국에서도 반응이 뜨거웠다.

한국에서 만든 영화를 제치고 1위에 올랐다.

2위와는 관객 수 격차가 엄청나게 벌어지고 있었는데, 천만을 찍을 수 있을지 없을지에 대해 벌써부터 관심이 쏠리고 있었다.

일단 한국배우인 이건우가 주연으로 나왔고, 홍보 전략도 멋지게 먹혀들어 가서 마케팅이 워낙 잘되어 있었다.

게다가 볼 때마다 느낌이 다르니 3번, 4번씩 보는 사람들도 상당했다. 어떤 사람은 20번 관람을 하고 인증샷을 남겨 뉴스에도 나왔다.

다이버 영화 평점도 역대 최고 점수인 9.3점이었다. 점수를 박하게 주기로 유명한 한국 영화 평론가들의 평점도 8.5점대였다. 그 말은 꼭 봐야 하는 영화라는 의미였다.

10점: 엄청납니다. 아직도 진정되지 않네요. 이런 영화에도 7점을 준 김동식 씨는 대체……?

10점: 원작을 몰라도 자연스럽게 빠져드는 세계관. 그리고 모두를 매료시키는 이건우!

10점: 평론가들 전부 오크들에게 보내고 싶다.

10점: 1점 주는 알바는 뭐임?

화제의 주인공인 건우는 예전과 다를 바 없는 생활을 하고 있었다. 이제는 정이 완전히 든 집에서 가볍게 요리를 하면서 수행을 하고 정규 앨범 구상에 들어갔다.

영화가 한창 잘나가니 조금 더 외출을 자제하는 것도 있었다.

구설수에라도 얽히게 된다면 영화에도 타격이 있을 테니 말이다.

쉬면서 수행이나 하고 싶었지만 그럴 수 없었다. 에이전시에서 건우가 TV 프로그램에 나가주길 원했다.

강제 조항이나 그런 것은 당연히 없었지만 그래도 마냥 거절하기는 그랬다.

한국에 돌아갈 날도 곧 다가오니 말이다. 건우가 한국으로 가는 날은 그래미 어워드 이후가 될 것 같았다.

그래미 어워드는 보통 봄에 열렸지만 작년에 이어 이번에도 조금 크게 미뤄졌다.

2년 전, 샌프란시스코에 있었던 대규모 테러 추모 시기와 겹쳐서 애도를 표할 겸 뒤로 크게 미룬 것이다.

축제라고 볼 수 있는 시상식이었기 때문에 더욱 그럴 필요가 있었다. 건우는 영화 일정과 맞물려 참석할 수 없나 싶었지만 운이 좋게도 참여할 수 있게 되었다.

'생각보다 오래 머물게 되었네.'

본래 건우의 미국 진출은 단기적이었다.

빌보드 신기록을 위한 홍보와 영화 촬영을 주목적으로 했다.

게다가 계약 기간이 남아 있기는 했지만 영화 촬영 이후에 한국으로 돌아간다는 것은 에이전시에서도 알고 있었다.

그 이유로 건우의 집으로 찾아온 손님이 있었다. 마이클이었다.

"건우 씨!"

"오랜만이네요."

"이거 건우 씨 덕분에 제가 요즘 어깨를 펴고 다닙니다. 할리우드에서 제일 잘나가는 에이전트! 그게 바로 저랍니다. 하하하!"

"제가 그 덕 좀 보겠네요."

"어휴, 겸손하시긴요. 요즘 가장 인기 있는 배우이시면서요. 건우 씨가 미국을 점령했다고 해도 과언이 아니지요! 제가 뭐랬습니까? 건우 씨라면 최고가 될 수 있다고 예견하지 않았습니까? 하하핫!"

건우와 마이클이 반갑게 악수를 했다. 마이클은 건우의 성공을 자신의 일처럼 기뻐했다. 건우도 그 모습을 보니 흐뭇해졌다.

마이클은 어떻게든 건우와의 인연을 이어가고 싶어 했다. 건우도 그러했다.

그는 능력이 있는 사람이었고 성실했다. 무엇보다 좋은 사람이었다. 미국에서 마이클만큼 믿을 만한 에이전트를 찾는 것은 힘든 일이었다.

마이크는 자신의 차에서 커다란 상자 하나를 들고 왔다.

"그건 뭡니까?"

"일단 들어가도 될까요? 이거 좀 무거운데요."

"아, 네."

마이클은 테이블에 상자를 올려놓았다. 상자의 뚜껑을 열자 무언가 적혀 있는 종이가 가득했다.

"이건……?"

"건우 씨가 대답이 없어서 제가 직접 왔습니다. 메일을 오랫동안 보실 성격이 아니시니 정리해서 인쇄를 해왔지요."

상자에는 건우에게 온 제안들이 가득 들어 있었다. 토크
쇼, 라디오, 콘서트, 예능, 드라마, 그리고 영화 시나리오에 이
르기까지 아주 다양했다.

마이클은 건우의 성격을 정확히 알고 있었다. 에이전시에서
여러 제안을 보냈는데, 덕분에 메일이 가득 차 있었다. 건우도
고심하고 있었지만 역시 정하기가 어렵기는 했다. 미국 프로
그램에 대해 잘 모르기도 했고 말이다.

"음, 일복이 터졌네요."

"물론 안 하셔도 됩니다. 이미 이미지는 최고이고 차기 영화
의 출연료도 엄청날 테니 그냥 쉬는 것도 괜찮지요. 다만, 한
국에 귀국하시면 한동안은 한국에 계실 생각이시니 가기 전
에 미국 팬들에게 선물이라도 하고 가시는 게 어떤가 싶어서
요."

"그렇군요. 좋은 생각입니다."

"그럼, 천천히 정하도록 하지요. 시간은 우리의 편이니까요."

편하게 생각해도 되었다.

제의를 수락한다고 해서 지금 당장 해야 하는 것은 아니었
다. 영화가 극장에서 내려가고 나서 해도 상관없을 터였다.

건우가 관심을 보이자 마이클도 의욕적으로 팔을 걷어붙였
다.

"같이 좋은 선물을 찾아봅시다."

마이클의 말에 고개를 끄덕이고 상자를 쏟았다. 테이블에 많은 제안서들이 쏟아져 내렸다.

건우는 커피를 마시며 천천히 검토했다. 깜짝 놀랄 만한 고액의 제안들도 많았다.

건우의 가치를 정확히 알고 있는 것이다. 그러나 대부분 장기적인 것들이었다. 지금 결정하기에는 시기적으로 애매했다.

'돈에는 큰 비중을 두지 말자.'

돈도 중요했지만 건우는 이미 충분히 만족할 만큼 벌었다고 생각했다.

건우는 연기자로서, 가수로서, 그리고 인간으로서 돈 이외의 중요한 것들을 찾아가는 단계였다.

건우는 본능적으로 오랫동안 활동하기 위해서는 지금의 시기가 가장 중요하다고 생각했다.

꽤 오랫동안 여러 가지 제안을 검토하다가 건우의 눈길을 끄는 것을 발견했다.

'엔젤 보이스'라는 제목의 프로그램이었는데, 케이블 방송사에서 기획한 프로그램이었다.

출연료는 그다지 높지는 않았지만 고려해 볼 만한 수준이었다.

"엔젤 보이스? 이 프로그램에 대해 아시는 게 있나요?"

"아, 그거요. 시즌 1때 여러 문제가 많았던 프로그램입니다. NGL 방송사에서 대규모 투자를 해서 만들었는데 아주 저조한 반응을 얻었지요. 의외로 시즌 2가 제작된다는 소문이 있었는데, 건우 씨에게 바로 제안이 올 줄은 몰랐군요."

마이클이 엔젤 보이스라는 프로그램에 대해 알려주었다. 미국에서도 꽤 큰 NGL 케이블 방송사에서 특별 제작했던 프로그램이었다.

취지도 좋고 감동 코드도 있고 소재도 재미있었다. 이야기가 잘만 풀린다면 말이다.

대략적인 내용은 이러하다.

가수가 노인이나 노숙자 변장을 하고 길거리 공연을 하는 것이었다.

길거리에서 모인 숫자만큼 후원금이 모이게 된다. 다만, 머문 시간이 어느 정도는 되어야 인정이 되었고, 정체가 들키게 되면 후원금은 모두 날아가게 된다.

노래와 연기를 모두 잘해야 만족할 만한 성과를 얻을 수 있는 내용이었다. 일반적인 가수들이 소화하기에는 난도가 대단히 높았다.

'내용만으로는 좋은데……'

기획의 문제도 있었지만 결정적으로 실패한 원인은 가수에게 있었다.

꽤 하드한 일정이었는데, 가볍게 생각하고 홍보차 나왔다가 하루 종일 노래를 부르느라 목이 쉰 출연자도 있었다.

중간에 들키는 바람에 후원금이 날아간 가수들은 불만을 표시하기도 했다.

그래도 여러 성실한 가수 덕분에 감동도 잡고 재미도 그럭저럭 있어 시청률이 어느 정도는 나왔었는데, 제드먼이 신곡 홍보를 하려고 나와서 깽판을 치고 간 이후에는 나락으로 곤두박질쳤다고 한다.

제드먼은 방송사를 고소한다고까지 해서 프로그램이 잠시 중단이 되었다. 그 이후에는 가수들이 섭외에 잘 응하지 않았다. 아마 마지막이라는 마음을 가지고 건우에게 제안을 한 것으로 보였다.

'재미있겠는데? 노래는 물론 연기 공부도 되겠고. 출연료도 받고 후원할 수도 있으니까.'

정규 앨범은 물론 무공의 성장에도 도움이 될 것 같았다.

잘만 한다면 감동과 재미를 잡을 수 있는 프로그램 같았다.

그러니 방송사 측에서도 미련을 못 버리고 있는 것이었다. 요즘의 미국에서 이런 코드가 먹힐 것이라고 확신하고 있는 듯했다.

마이클이 건우의 표정을 보더니 웃으면서 고개를 끄덕였다.

"정해지신 것 같군요."

"네. 이게 좋을 것 같아요."

"확실히. 이 프로그램을 건우 씨가 살려낸다면 좋은 반응이 있겠지요. 출연료는 음… 협상의 여지가 있습니다. 조만간 다시 연락드리겠습니다."

마이클은 언제나처럼 든든했다. 마이클도 만족한다는 표정이었다.

본래라면 말려야 했지만 건우가 지닌 가치와 그의 능력을 알고 있으니 오히려 적극 동의했다. 그는 계산이 빠른 사람이었다.

어느덧 저녁 시간이 되었다. 건우는 자리에서 일어나며 마이클을 바라보았다.

"저녁 드시고 가실래요?"

"네? 건우 씨가 직접 요리하시는 건가요?"

"네."

"오, 기대가 되네요."

건우는 씨익 웃었다.

건우가 다녀간 후에 방송국에서 어머니의 분식집에 촬영을 왔었다고 한다.

'전국 맛집 대탐험'이라는 요리에 대한 평가 프로그램이었는데, 까다로운 전문가들에게 만점에 가까운 점수를 얻어서 화제가 되었다.

퓨전 요리에 새로운 지평을 열었다고 평가하는 이들도 있었다.

어머니가 좋아하시는 모습을 보고 건우는 추가적으로 다른 요리들도 개발하며 주변인들에게 맛을 보여주곤 했다. 요리에 대한 반응이 워낙 좋다 보니 할 맛이 났다.

건우의 새로운 취미였다.

좋은 음식을 많이 맛본 마이클이라고 하더라도 건우의 손아귀에서 벗어날 수 없었다.

"우오오!"

마이클은 그날 천국을 맛보았다.

3. 엔젤 보이스

마이클이 돌아간 이후 건우는 엔젤 보이스 제드먼 편을 찾아보았다. 자신이 나갈 프로그램을 모니터링하는 것은 기본이었다.

제드먼 첫 등장부터 껄렁껄렁했고 거만했다. 자신감이라고 해석할 여지도 있기는 했지만 건우가 보기에는 선을 넘어섰다. 문화 차이를 감안하더라도 저런 모습은 절대 호감으로 비칠 수 없었다.

'음. 비호감이 될 만하군.'

음악에 관해서는 워낙 천재라 노래는 사랑받고 있지만 제드먼 개인은 비호감의 상징으로 굳어지고 있었다. 이 엔젤 보이스가 그것의 중요한 역할을 한 것 같기도 했다.

[아, 이 분장 별론데, 그냥 저것만 쓸게요. 머리 만지지 마요.]

딱 봐도 괜찮은 분장이었지만 제드먼이 인상을 쓰며 그렇게 말했다. 건우는 저런 멘트가 방송에 나와도 되나 싶었다. 아무튼 결국 분장을 바꿨는데, 그냥 가발과 모자 그리고 선글라스를 쓴 정도였다.

거리에 최고의 세팅을 해놓고 등장하더니 연예인처럼 손을 흔들었다. 프로그램의 취지를 이해하기는 했는지 의문이었다.

'노래는 괜찮네.'

노래는 좋았다. 나름 목소리를 변조해 제드먼인 것이 아슬아슬하게 들키지는 않았다. 그런데 그게 싫었는지 점점 본래의 목소리로 돌아오더니 노래에 맞춰 모자를 벗어 던졌다.

제드먼인 것을 알자 사람들이 몰려왔다. 제드먼은 자신을 알아보는 사람들이 뿌듯한 듯 두 팔을 펼치면서 시선을 즐겼다.

결국 후원금은 없었다. 제드먼이 나오기 전에 치밀하고 철저하게, 카메라를 세팅하고 스태프들을 위장시키는 준비한 과정도 보여줬는데, 한순간에 무용지물이 되어버렸다.

[저를 이렇게 많이 알아보실 줄 몰랐어요. 분장도 소용이

없네요.]

제드먼은 클로징 멘트로 그런 말을 남겼다. 어이없어하면서도 건우는 그런 제드먼을 보고는 고개를 끄덕였다.

'나는 아예 반대로 가자.'

건우는 겸손하고 적극적이며 열정이 넘치는 월드스타의 모습을 보여주고 싶었다. 제드먼이라는 희생양이 있으니 자신이 돋보이게 할 수도 있을 것이다.

건우는 고개를 끄덕이며 씨익 웃었다.

*   *   *

'골든 시크릿'의 개봉일로부터 시간이 꽤 지났음에도 열기는 식지 않았다. 전 세계에서 흥행 수입 27억 9천만 달러를 올려 역대 1위에 랭크가 되었다. 라인 브라더스에서 진행하는 캐릭터 사업까지 합쳐진다면 수입은 어마어마할 거라는 것이 전문가들의 의견이었다. 벌써 라인 랜드에서는 '골든 시크릿' 퍼레이드를 계획하고 있었고, '골든 시크릿' 테마파크와 놀이 기구를 만들고 있었다. 테마파크에는 영화 속 주인공들을 그대로 본떠 만든 밀랍 인형 역시 제작에 들어갔다. 제일 심혈을 기울여서 만들고 있는 밀랍 인형은 역시 건우였다.

영화의 열기는 원작과 코믹북으로 이어졌고 다시 요정왕 이

건우로 이어지는 현상이 나타나고 있었다. 이건우 열풍이라고 해도 과언이 아니었다.

자선 공연 때 건우에게 전화번호를 달라고 했다가 거절당했던 안 좋은 기억도 있고, 자신을 이건우의 라이벌이라고 생각하는 제드먼은 늘 했던 것처럼 건우를 방송이나 SNS를 통해서 경계하고 있었다.

제드먼

'골든 시크릿'은 좋은 영화다. 원작의 인기가 워낙 대단하여 흥행할 수밖에 없었다. 그러나 그 중심에 이건우가 있다는 것은 너무 과장된 일이다. 너무 그의 외모에 열광하는 이 사태를 경계할 필요가 있다.

가수는 노래로서 말해야 한다. 고유의 영역을 침범하는 것은 예의 없는 일이다.

가수를 포기한 모습에 나는 대단히 실망했다.

제드먼은 나름 일침이라고 생각하며 은근히 건우를 공격한 것이었다. 예전에도 자주 이래서 팬들의 심기를 긁었는데, 제드먼은 무시로 일관했다. 그러나 이번에는 상황 자체가 달랐다. 건우의 팬이 엄청나게 증가한 상태였다.

ann_jay: 도대체 이놈은 영화를 본 거야 만 거야?

jamez: 이놈 진짜 관종이네. 그럴 시간에 노래나 제대로 해라.

mulan99: 앨범 나온다고 노이즈 마케팅 하냐?

yone: 이놈 이건우 따라서 영화 진출한다고 했다가 오디션에서 까인 놈 아니냐? 그리고 병원에 봉사활동 간다고 해놓고 5분 있었다며?

제드먼은 대차게 까이고 있었다. 감독과 배우들마저 나서서 제드먼에게 한 마디씩 했다.

에란 로비

건우가 단지 얼굴 때문에 주목을 받는다고? 연기에 대해 아무것도 모르는 철부지는 더 이상 발언을 하지 않았으면 좋겠어.

#꺼져#중2병_제드먼

크리스틴 잭슨

예술에 영역은 존재하지 않아.

건우는 당연히 존중받아야 하고 인기를 누려야 해. 외모 때문이라고? 참 나, 일단 영화를 보고 말하도록.

#건우_좋아#건우에게_간섭_노노#너_자신을_알라

많은 비난이 쏟아지자 제드먼은 SNS 글을 삭제했지만 한동안 계속 시끄러웠다. 에이전시 차원에서 대응을 하고 난 뒤겨우 가라앉는 추세였다. 그러나 제드먼은 끝내 사과하지 않았다. 자신이 잘못이 무엇인지 모르겠다는 뉘앙스의 글을 올렸다가 후폭풍을 맞고 다시 그 글을 삭제했다.

대중의 관심을 끄는 거라면 성공이기는 했다.

제드먼이 그동안 건우를 공격하거나 언급하며 그의 행적을 따라한 건 건우에 대한 열등감과 질투 때문이라는 분석까지 나오고 있었다.

건우는 물론 그때의 자선 콘서트 이후로 신경을 전혀 쓰고 있지 않았다. 엔젤 보이스 때 참고를 한 정도뿐이었다. 건우가 생각하는 제드먼은 노래는 괜찮지만 매너 없는 거만한 녀석 정도였다. 당한 것이 있었지만 악감정은 없었다. 신경 쓸 가치가 있다고는 생각하지 않았다.

건우는 매니저와 함께 뉴욕으로 이동했다. 엔젤 보이스의 촬영을 위해서였다. 출연료 협상 때문에 에이전시와 NGL 방송사의 이야기가 조금 더 길게 이어질 것 같았는데 NGL은 망설임 없이 에이전시의 조건을 받아주었다. 그 덕분에 건우의 예상보다 조금 더 빠르게 스케줄이 잡혔다.

엔젤 보이스 PD와는 이미 LA에서 만남을 가졌다. 건우가 제안을 받아들였다는 말이 전해지자마자 바로 비행기를 타고 날아온 것이다. 이번 프로그램에 PD 자신의 사활을 걸고 있다는 절절함이 느껴진 만남이었다.

LA에서 뉴욕까지는 직항으로 가도 5시간 반 정도 걸렸다. 건우는 1등석을 타고 갔는데, 유난히 서비스가 좋았다. 건우가 무슨 소리라도 내려고 하면 스튜어디스들이 몰려왔다.

과도한 친절이 조금 부담스러웠다. 건우는 눈에 안 띄기 위해 나름 변장을 하고 있기는 하지만 스튜어디스나 공항 직원들 사이에서 나는 소문은 막을 수 없었다.

건우는 반쯤 포기하고 그냥 시선을 즐기기로 했다. 매니저에게로 시선을 돌렸다.

"뉴욕에 유명한 것이 뭐가 있죠?"

"음, 그렇군요. 미국 최대의 도시이니만큼 볼만한 것이 많죠. 대표적으로 맨해튼 중심부에 있는 타임스스퀘어, 그리고 카네기홀, 센트럴파크가 있지요. 아! 자유의 여신상은 뉴욕항 리버티 섬에 있습니다."

"가볼 만한 곳이 많군요. 여유가 있으면 구경해도 될까요?"

"물론입니다. 아! 건우 씨는 배우이자 가수이시니 브로드웨이 쪽도 관심이 있으시겠네요."

뮤지컬의 본고장 브로드웨이.

건우도 관심이 있는 곳이었다. LA는 이제 건우에게는 고향이 느껴졌는데, 뉴욕의 명소에 대해 들어보니 여행하는 기분이 들기는 했다. 스케줄은 전혀 타이트하지 않으니 여유 있게 즐기고 와도 괜찮았다. 건우는 워낙 유명하니 평범하게 관광을 할 수 없겠지만 말이다. 선글라스는 물론 마스크까지 착용하는 등, 꽁꽁 싸매고 다녀야 했다.

건우는 맨해튼에 도착해서 엔젤 보이스 스태프들과 합류했다.

"건우 씨, 뉴욕에 오신 것을 환영합니다. 이렇게 뵈니 더욱 반갑군요. 오늘 기분은 어떠신가요?"

"오랜만입니다. 촬영할 생각을 하니 벌써부터 흥분되네요."

"하하! 좋습니다. 가시지요."

건우는 엔젤 보이스의 PD, 토마스와 반갑게 악수를 했다. 토마스 PD가 직접 호텔로 안내해 주었다.

그리고 저녁에 꽤 긴 회의를 가졌다. 건우의 요구 조건을 들어주기로 한 상태이니 건우의 발언권은 상당히 강했다. 건우는 여러 가지 아이디어를 냈는데 토마스와 스태프들이 상당히 좋게 받아들였다.

한 지역에서만 국한되지 말고 여러 지역을 오가면서 각자 반응이 어떻게 다른지, 그리고 분장도 다양하게 하면서 어떤 반응이 나오는지도 지켜보면 재미있을 것 같다는 의견이었다.

"저희는 환영입니다만, 건우 씨가 고생하실 텐데요. 많은 곡을 부르셔야 할 텐데……."

"출연료를 받고, 거기에 좋은 일도 하는 것이지 않습니까? 그 정도 고생은 감수해야지요. 그리고 노래 부르는 건 즐거운 일입니다. 부담 갖지 마세요."

"하하, 감사합니다. 어휴, 건우 씨가 그렇게 말해주시니 정말 든든합니다."

건우는 최대한 편안한 분위기를 유지하며 친근감을 이끌어냈다. 제드먼과는 완전히 정반대였다. 그것이 효과가 있었는지, 건우를 바라보는 토마스와 주요 스태프들의 눈빛이 초롱초롱 빛났다.

건우는 태연한 척하면서 속으로 미소 지을 뿐이었다.

"음, 건우 씨. 시간이 늦었는데 조금 더 회의를 해도 괜찮을까요?"

"네, 물론이지요. 저에게 원하시는 것이 있으면 말씀해 주세요."

건우를 대하는 스태프들의 태도는 상당히 조심스러웠는데, 건우의 이름값이 워낙 대단했기 때문이다. 지금도 계속 꾸준히 올라가고 있는 중이었다. 오히려 한국에서 한국 팬들이 막연히 추측하는 것보다 더 대단했다.

건우가 적극적으로 나오니 토마스는 대단히 감동한 것 같왔다. 제드먼에 비교하면 그야말로 하늘에서 내려온 천사라고 스태프들이 쑥덕거리는 소리가 들려왔다. 잘생기고 인성 좋고 성실하기까지 하니 인상이 나쁠 수가 없었다.

호텔에서 하룻밤 자고 다음 날에 아침 일찍부터 촬영이 시작되었다. 토마스는 의욕에 불타고 있었다. 그에게는 물러날 곳에 없었고, 이 기회를 발판 삼아 위로 치고 올라가겠다는 야망이 있었다. 건우의 눈에 그게 보였지만 건우는 그런 사람을 싫어하지 않았다.

사활을 건 프로그램답게 커다란 트레일러가 달린 차를 촬영 본부로 썼다. 분장 트레일러도 따로 준비가 되어 있었고, 틈틈이 건우가 쉴 수 있는 공간도 있었다. 살짝 안을 봤는데 꼭 첩보 영화에서 보는 듯한 그런 광경이라 대단히 신기했다. 건우가 호텔에서 나오고 나서부터 카메라가 따라붙었다.

호텔을 나서면서부터 건우의 일거수일투족이 다 카메라에 담기는 것이다. 한국에서의 예능 경험이 있기에 그다지 낯설게 느껴지지는 않았다.

시즌1과는 달리 오로지 건우에게만 집중하기 위해 따로 진행을 맡은 이들도 존재하지 않았다. 차라리 스태프들이 분주하게 움직이는 것을 보여주는 것이 첩보물과 같은 리얼리티를 살릴 수 있는 방법이기도 했다.

"좋은 아침입니다! 건우 씨. 이쪽으로 오세요."

토마스가 건우를 불러 호텔 앞에 세워진 트레일러로 안내했다. 토마스는 새벽부터 분주하게 움직이면서 사전 작업을 진행했다. 건우가 갈 곳에 미리 위장 카메라를 설치해 놓고 카메라맨들을 배치했다. 지칠 만도 했지만 그의 표정은 밝아 보였다.

"세계 최고의 분장팀이 함께할 겁니다. 아마 깜짝 놀라실 거예요."

"기대되네요."

자신감이 넘치는 토마스의 모습이 보기 좋았다. 건우가 섭외되고 나서 지원을 팍팍 받은 모양이었다. 건우는 거만하지 않고 오히려 토마스와 스태프들을 배려해 주며 예의 있는 태도로 임하고 있었다. 발언권이 높기는 하지만 지휘자는 토마스였으니 전적으로 따를 생각이었다. 프로그램의 성공이 건우 자신을 위한 일이었다.

트레일러 안으로 들어갔다. 분장 전문가들의 모습이 보였다. 토마스가 소개시켜 주었다.

"자, 이분이 누구인지 모두 아시죠?"

토마스의 말에 분장 전문가는 물론 트레일러 안에 있는 스태프가 모두 웃으면서 고개를 끄덕였다.

"건우 씨. 이쪽은 저희가 전국을 뒤져 섭외한 분장 전문가, 짐과 레이첼입니다."

건우는 모두와 악수를 나눴다.

짐은 중년 디자이너 같은 분위기가 풍겼고 레이첼은 살집이 약간 있는 30대 후반의 여인이었다.

단지 악수를 나누는 것임에도 그들에게서 살짝 긴장한 티가 났다. 짐 같은 경우에는 원래 '골든 시크릿'의 팬이기도 했고 영화를 보고 나서 건우에게 완전히 빠져 버린 열혈 팬이었다. 레이첼은 건우의 노래를 즐겨듣다가 영화를 보고 팬이 된 케이스였다. 본래 토마스의 섭외에는 응하지 않을 생각이었지만 건우가 출연한다는 소식에 모두 이곳에 모인 것이다.

이들의 분장 실력에 대해 아는 사람들이라면 분장계의 드림팀이라 불렀을 만큼 유명한 이들이었다.

건우는 짐과 레이첼을 바라보며 입을 뗐다.

"반갑습니다. 이건우입니다. 저를 원하시는 대로 마음껏 써 주세요."

"화끈하시군요. 영광입니다."

"어쩜, 마음도 그리 넓으실까."

건우는 바로 트레일러 안으로 들어가 의자에 앉았다. 토마스가 무전기로 출발이라고 말하자 트레일러가 움직이기 시작했다. 건우는 조금 신이 났다. 뭔가 대단한 일을 하러 몰래 이동하는 느낌이 났기 때문이다.

신이 난 건우의 모습도 카메라가 충실하게 담았다.

'첩보 영화 같은 것도 재미있을 것 같은데.'

그런 장르에 도전해 보고 싶기는 했다.

본격적으로 분장이 시작되었다.

"그럼, 노인 분장을 하죠."

토마스의 말에 짐과 레이첼이 분주하게 움직이기 시작했다. 상당히 많은 재료들이 보였다. 영화에서 엘프 분장을 해본 적이 있었기도 했고 배우들이 드워프나 오크로 분장을 하는 것을 많이 봐서 건우에게는 익숙했다.

꽤 시간이 많이 걸렸다. 시간이 지날수록 건우의 모습은 크게 달라졌다. 피부 트러블과 주름이 가득한 얼굴이 되었다. 코가 살짝 삐뚤어졌고 색이 들어간 안경을 썼다. 가발도 썼는데, 머리카락에 기름기 가득한 연출이 일품이었다.

얼굴을 반 정도 덮은 수염도 인상적이었다.

건우도 거울을 보며 만족했다. 완전히 노인이 되어 있었다. 혼혈 느낌이 나는 노인이었는데, 인피면구를 썼다고 해도 믿을 정도로 감쪽같았다.

"소품은 직접 골라도 될까요?"

"네, 물론이지요."

건우의 말에 토마스가 고개를 끄덕였다. 의상과 소품도 상당히 많았다. 건우는 진지하게 소품을 골랐다.

'키가 좀 작아 보였으면 좋겠는데.'

허리를 구부정하게 하고 다닐 생각이었다. 누더기 느낌의 펑퍼짐한 옷이 좋을 것 같았다. 약간 악사 느낌을 주기 위해 클래식한 모자도 하나 골랐다. 손도 두툼하게 느껴지도록 분장했으면 좋겠지만 악기를 연주해야 하니 그냥 더러운 느낌이 나는 면장갑을 꼈다. 신발도 구멍이 나 있는 걸로 대신했다.

모두 차려입고 나니 토마스와 스태프들이 엄지를 치켜들었다. 건우도 카메라를 바라보며 씨익 웃었다.

토마스가 박수를 쳤다.

"완벽하군요. 건우 씨, 새로운 모습이 되신 소감이 어떤가요?"

"꽤 신기하네요."

"음, 근데 목소리는⋯⋯."

토마스가 말을 흐렸다. 건우의 목소리는 워낙 좋아 계속 듣고 싶게 만드는 매력이 있었다. 확실히 이런 모습과는 너무나 어울리지 않았다. 내부적인 회의에서는 말을 하지 말고 노래만 부르기로 했는데, 막상 직접 겪어보니 노래를 부를 때의 목소리도 너무 티가 날 것 같았다. 토마스가 조금 난감한 표정이 되자 건우는 걱정하지 말라는 듯 다시 웃어 보였다.

음공을 쓰면 가볍게 해결될 문제였다. 성대모사 수준이 아니라 아예 내공의 힘으로 목소리가 달라지니 말이다.

"음, 이러면 괜찮겠지요?"

"오, 오오!"

"하느님 맙소사!"

토마스와 스태프들이 깜짝 놀라며 감탄했다. 건우의 목소리는 완벽하게 바뀌어 있었다. 거칠고 낮은 노인의 목소리였다. 아름답고 부드러웠던 본래의 목소리는 사라진 지 오래였다. 단순히 노인의 목소리를 흉내 내는 것이 아니었다. 마치 성대를 교체한 것처럼 느껴졌다.

토마스는 그 순간 확신했다.

'잭팟이야!'

대박의 기미가 확실하게 보였다.

토마스는 카메라를 바라보았다. 카메라가 건우의 모든 것을 화면에 담고 있었다. 토마스의 끈적한 눈길을 받은 건우는 그저 웃을 뿐이었다.

건우는 다음으로 악기를 골랐다. 건우에게 가장 익숙한 것은 역시 기타였다. 다른 악기도 배워서 수준급이기는 하지만 기타가 주력이었다.

준비해 놓은 여러 기타가 보였다. 일반적인 통기타와 허름하게 꾸며놓은 기타가 보였다. 그 옆에 작은 미니 기타가 있었는데 건우는 미니 기타를 들고 쳐보았다.

'소리는 괜찮은데.'

그냥 일반 기타도 괜찮았지만 허름한 노숙자에게는 딱이었다. 누가 버린 것처럼 느껴지는 미니 기타의 모습이 지금 자신의 복장과 아주 잘 어울렸다.

건우가 만족스러운 미소를 그리자 건우의 이가 드러났다. 건우의 이에도 보형물을 껴놓았는데 본래 하얗던 이는 누렇고 검은색으로 변해 있었다.

토마스는 건우가 가야 할 동선을 설명해 주었다.

미국은 버스킹 규칙이 존재했다. 주마다 달랐지만 공원에서 공연을 하는 경우에는 허락을 맡아야 했다. 그리고 가장 자리 다툼이 치열한 역내의 플랫폼 같은 경우에는 MUNY(audition for Music Under New York)에 가입 후 자리를 얻어내야 했다. 서류오디션, 라이브 오디션이 있었지만 건우의 경우에는 협조를 받아 생략이 되었다. 건우의 자리는 이동 시간대에 맞춰 배정받았다.

일단 길거리 공연부터 시작하기로 했다. 건우는 모자를 눌러쓰고 토마스와 스태프들과 이야기를 할 수 있게끔 보청기 모양의 인이어를 꼈다.

건우는 몇 번 시험해 보았다.

"잘 들리네요. 이게 꽤 재미있는데요?"

"하하, 돌발 상황이 있다면 저희 쪽에서 전부 처리할 것이니 안심하셔도 되요. 최고의 경호원들이 위장하고 있을 겁니다. 보시면……."

지휘 트레일러에 있는 모니터를 가리키며 경호원들이 있는 곳을 가르쳐 주었다. 신호를 기다리는 사람, 카페에 앉아서 신문을 보는 사람, 그리고 수다를 떨고 있는 사람이 보였다. 약간 어색했지만 큰 티는 나지 않았다.

건우의 안전에도 각별하게 신경을 쓰고 있었다. 건우는 총이 겨눠진다 하더라도 무사히 해결할 자신이 있었다. 호신지기를 두른다면 어느 정도는 버텨낼 수 있을 터였다. 물론, 카메라를 의식해서 어느 정도는 다쳐줘야 하겠지만 말이다.

건우는 트레일러에서 나와 거리로 들어갔다. 위장한 카메라맨들이 거리를 두고 따라붙었다. 건우는 이미 카메라가 설치되어 있는 거리 쪽으로 다가갔다.

건우의 허리가 구부정해졌다. 걸음걸이도 어딘가 아파 보이는 것처럼 변했다. 건우는 노인을 연기하고 있었다. 아니, 노인 그 자체가 되었다. 미리 알고 있지 않았다면 토마스와 스태프도 그냥 지나칠 정도로 진짜 노인 같았다.

주말이라 거리가 한산할 줄 알았지만 그래도 뉴욕은 뉴욕이었다. 거리를 오가는 많은 사람들이 보였다. 사람 사는 곳이 다 똑같다고 생각했지만 미국의 거리는 한국과는 느낌이 달랐다. 다양한 인종이 모여 있는 국가답게 여러 인종이 보였다. 건우에게는 이제 익숙한 광경이었다.

건우는 쓰레기통 옆에 버려져 있는 나무 작대기 하나를 들었다. 그러고는 나무 작대기를 지팡이 삼아 걷기 시작했다.

'아무도 신경 쓰지 않네.'

비록 촬영 중이기는 하지만 오랜만에 느끼는 자유로움이었다. 건우는 잠시 멈춰 섰다. 이 자유로움이 지금은 마치 휴식처럼 다가왔다. 너무 유명해져 버린 탓에 집에만 있었는데, 익숙해져서 괜찮다고 생각하고 있었지만 아무래도 꼭 그렇지만은 않은 것 같았다.

무공을 익히고 있고 정신 연령이 꽤 높기는 하지만 건우는 아직 이십 대 중반이었다.

―무슨 문제라도 있나요?

"괜찮습니다. 오랜만에 산책 나온 것 같아 좋네요."

건우는 들려오는 토마스의 목소리에 작게 대답했다. 자유로움에 대한 감상은 이제 여기서 끝내는 것이 좋을 것 같았다.

일을 할 시간이었다.

건우는 더욱 연기에 몰입하기 시작했다.

"으음……."

신음 소리를 내며 걷는 모습은 꽤 힘들어 보이는 노인의 모습이었다. 어딘가 아픈 것 같기도 했다. 시선을 끌기는 했지만 꾀죄죄한 모습 탓에 접근하는 이는 없었다. 건우는 카메라가 설치되어 있는 곳까지 걸어갔다. 꽤 넓은 공간이었는데, 명당까지는 아니었지만 버스킹을 하는 이들이 심심치 않게 자리 잡던 곳이었다. 조금 떨어진 곳에 악기를 연주하는 이도 보였다. 유동 인구가 많은 곳이라 거리 공연을 하기 딱 좋았다.

'10분 이상은 머물러야 한다고 했던가?'

그래야 인원으로 합산이 되어 기부금이 나왔다. 기부금은 인원의 숫자가 많아질수록 배가 되는 구조였다. 의심을 사거나 정체가 들킨다면 모인 기부금은 사라지게 되어 처음부터 다시 해야 했다.

시즌1의 실패로 규칙을 좀 더 느슨하게 하려 했지만, 토마스와 건우는 상의 끝에 시즌1의 규칙을 따르기로 한 것이었다.

건우는 마치 알코올중독자처럼 떨리는 손으로 손에 든 지팡이를 바닥에 내려놓았다. 그리고 모자를 벗어 바닥에 놓았다.

지나가던 사람들이 호기심이 어린 눈으로 건우를 바라보았다. 건우가 부들부들 떨리는 손으로 허름한 미니 기타를 누더기 옷 속에서 꺼내자 고개를 설레 젓거나 비웃는 소리들이 들려왔다. 딱 봐도 제대로 된 연주가 나올 수 없는 모습이었다.

'처음에는 가벼운 곡으로 해볼까?'

건우는 준비한 곡들이 꽤 많았다. 한국 노래를 영어로 번역해 오기도 했고, 영어권의 노래를 준비하기도 했다. 그저 준비도 없이 대충 와서 공연을 하다가 들켜 버린 가수들과는 달랐다. 노래의 수준도 물론 다를 것이다.

띠링!

힘없이 후들거리던 손이 미니 기타를 건드렸다. 음공을 운용하는 중이라 그런지 미니 기타의 소리는 마치 앰프와 연결된 것처럼 크게 들렸다. 그리고 내공과 공명이 되어 맑았다. 지나가는 사람들이 깜짝 놀라며 발걸음을 멈출 정도였다.

'일단 시선을 좀 끌자.'

잠시 가만히 있자 다시 사람들이 관심을 끊고 지나가려 했다.

띠링!

다시 기타 줄을 튕기자 사람들이 깜짝 놀라며 멈춰 섰다. 건우는 가만히 서서 사람들을 바라보다가 웃음을 터뜨렸다.

"크흐, 흐허허!"

침을 튀기며 웃는 모습은 약간 정신이 이상한 사람같이 느껴지기까지 했다. 그러나 그 모습이 웃겼는지 피식 웃는 사람들이 보였다.

건우가 고개로 리듬을 타며 미니 기타를 치기 시작했다. 올드한 행진곡이었다. 마치 축제장에 와 있는 것처럼 춤을 추며 연주했다. 다리를 절뚝거리고 있기는 하지만 춤은 충분히 신명 나 보였다. 지나가던 사람들이 하나둘 멈추더니 웃으면서 건우의 모습을 지켜보았다. 리듬을 타는 사람들도 있었다.

건우의 기타 연주는 듣고 있으면 마치 누군가 귀에 이어폰을 껴놓은 것처럼 크고 울림이 있었다. 바쁘게 걸음을 옮기다가도 멈출 수밖에 없었다.

음공을 통해서 퍼져가는 감정의 공명은 관객들의 근심을 잊게 해주고 흥겨움을 주었다. 점점 더 많은 사람들이 멈추는 광경은 마치 기적을 보는 것 같았다.

기타 연주가 점점 격해지다가 건우의 마무리 동작과 함께 멈추었다.

짝짝짝!

"오오!"

박수 소리와 작기는 하지만 함성이 터져 나왔다. 관객들은 건우의 모자에 동전과 지폐를 조금씩 넣어주었다. 순찰을 하다가 건우를 지켜보던 경찰은 동료에게 줄 따듯한 커피와 빵을 그대로 건우에게 건네주었다.

"연주 멋졌어요. 이거 드세요."

"감사합니다, 허허."

건우는 빵을 한 입 베어 물고 커피를 마셨다. 아침을 먹고 왔지만 온정이 느껴져서인지 맛있었다.

"크흐! 이거 좋군요. 허허."

건우는 꽤 기분이 좋아졌다. 수염에 묻은 빵 조각을 털어내고 다시 미니 기타를 잡았다. 방금 전 연주는 그저 시선을 끌기 위한 용도였다. 사람들이 건우를 둘러쌀 정도로 꽤 모였으니 이제 본격적인 공연을 시작하는 것이 좋을 것 같았다.

건우의 라이브 공연은 미국에서는 무척이나 희귀했다. 천상의 목소리, 기절할 것 같은 가창력, 등등 소문이 엄청 무성했다. 미국에서 라이브 공연을 한 적은 자선 공연과 몇몇 홍보 공연 빼고는 없었다. 지금에 이르러서 공연을 한다고 하면 매진은 불 보듯 뻔했고 암표로 인해 티켓값이 엄청 치솟을 것이다.

건우는 빌보드 신기록을 세운 가수였고, 그리고 흥행 기록을 갈아치운 '골든 시크릿'의 요정왕이었다. 지금 그의 엘프어 사인 경매 가격이 4만 달러를 돌파하고 나서도 계속 올라가는 걸 보면 결코 과장이 아니라는 것을 알 수 있었다.

건우는 다시 연주를 시작했다. 조용한 노래였다. 작년 그래미 어워드의 주인공 세이즈 페니의 노래였다. 타이틀곡이 아니라 그녀의 앨범 중 비교적 덜 알려진 노래였다. 퍼포먼스가 강한 세이즈 페니의 곡 중에서 가장 조용한 곡에 속했다.

'그대와의 아침'이라는 달콤한 사랑 노래였다.

기타 소리가 포근하게 거리를 감싸 안았다. 미니 기타에서 나오는 소리라고는 믿을 수 없을 정도로 아름다웠다. 관객들은 마치 침대에서 기분 좋게 일어나 따뜻한 햇살을 느끼는 것 같은 그런 포근한 감정이 되었다.

관객들이 편안한 표정이 되자 건우는 미소를 지으며 조용히 눈을 감았다.

"*그대의 따듯한 온기와……*"

거친 목소리가 울려 퍼졌다. 거칠지만 어째서인지 부드러운 연주 소리와 잘 어울렸다. 오히려 더 목소리에 집중을 할 수 있게 만들어주었다.

나지막한 저음이 사람들의 마음을 단번에 사로잡았다. 젊은 커플이 노래에 취해 서로를 바라보더니 손을 잡았다. 노인 부부는 웃으면서 춤을 추었다.

점점 더 많은 사람들이 몰려들었다. 자전거를 타고 있던 청년은 아예 자전거를 세워놓고 자리에 앉아서 건우를 지켜보았다. 핸드폰으로 건우의 모습을 찍고 있는 이들도 많았다. 한번 건우의 목소리를 들은 이들은 쉽사리 그 자리에서 벗어날 수 없었다.

건우는 관객들의 근심과 스트레스를 느낄 수 있었다. 어두운 기운과 감정이 그들의 주변을 맴돌고 있었다. 오랫동안 그것들이 꾸준히 쌓여서 흩어지지 않았다. 일반인의 눈으로 보면 그냥 정상적인 광경일 테지만 건우의 눈에는 마치 오물이 묻은 것처럼 보였다.

'따듯함을 느꼈으면 좋겠어.'

건우는 이 순간만큼은 모두가 즐겼으면 하는 바람이 있었다. 좋은 일을 하면서 즐길 수 있다면 그것만큼 좋은 것은 없을 것이다.

관객들은 건우의 노래에 완전히 취해 버렸다. 이런 강렬한 경험은 난생처음 느낄 것이다. 절로 가슴이 따뜻해지고 행복한 기억이 떠올라 눈시울을 붉히거나, 사랑하는 연인과 즐겁게 노래를 즐기거나, 눈을 감고 노래에 깊게 빠져 있는 등 반응은 각양각색이었다.

하지만 그들은 모두 공통적으로 마치 오랜만에 샤워를 하는 것처럼 개운함과 청량함을 느꼈다.

건우는 예전과 다름을 느꼈다. 이전에는 그저 감정의 공명을 통해 감동을 주었고 기운을 흡수하는 정도였다면 지금은 어두운 기운들을 분해하여 더욱 큰 기운으로 만들어 건우에게 전해져 왔다. 관객들은 감동과 함께 오랫동안 묵은 때가 빠진 것처럼 상큼함과 개운함을 느낄 수 있을 것이다. 건우의 경지가 예전보다 오른 덕분이었다.

건우는 기운의 밀도가 전과는 비교할 수 없을 만큼 짙어진 것을 느꼈다.

'개운하군.'

도심이라고는 생각할 수 없는 상쾌함을 느꼈다. 마치 명산에 들어온 것 같은 기분이었다. 건우는 그러한 변화를 느끼면서 기분 좋게 웃었다.

"지친 몸을 기댈 수 있는 유일한 사람."

편안한 분위기 속에서 곡을 마무리했다. 기타 위에 올려놓았던 손을 멈추는 순간 박수가 쏟아졌다. 많은 사람들이 거리를 메우고 있었다. 근처 카페의 테라스에 앉아 있는 사람들도 박수를 치고는 엄지를 치켜올렸다.

건우 앞에 놓인 모자에 지폐와 동전들이 쏟아져 내렸다.

"감사합니다. 아이구, 삭신이야."

건우가 바닥에 주저앉자 걱정이 된다는 듯 젊은 커플이 다가왔다. 건우의 노래에 맞춰 다정한 스킨십을 즐기던 커플이었다. 남자는 음악을 하는지 기타 케이스를 등에 메고 있었다.

기타를 멘 사내가 건우를 바라보며 물었다.

"괜찮으세요?"

"허, 허허. 괜찮네. 나이가 들어서 말이지……."

"이거 드세요."

그는 생수를 꺼내 건우에게 건네주었다. 건우는 물을 벌컥벌컥 마셨다. 사내는 가까이에서 건우를 봤음에도 전혀 이상한 점을 눈치채지 못했다. 건우의 연기는 완벽 그 자체였다. 아마 사내는 설마 이 노인이 자신보다 어리다고는 꿈에도 생각할 수 없을 것이다.

"어… 음. 자네도 음악을 하나?"

"네. 작은 클럽에서 공연을 하는데… 어르신의 노래를 듣고 정말 감동했습니다."

"허허, 고맙네."

"이걸로 연주하신 거 맞죠? 쳐봐도 되요?"

건우가 고개를 끄덕이자 사내는 바닥에 놓인 미니 기타를 들었다. 사내가 기타를 쳐봤는데, 건우가 연주했던 것과는 소리가 완전히 달랐다. 주변 사람들도 대부분 가지 않고 신기한 듯 미니 기타를 바라보았다.

"이, 이거 어떻게 연주하신 거예요? 어떻게 그런 소리가……."

"궁금하나?"

건우는 장난기가 발동했다. 이윽고 건우의 눈빛이 달라졌다. 건우가 낮은 목소리로 음산하게 말하자 사내가 움찔했다. 건우가 주는 압박감에 사내는 침을 꿀꺽 삼키면서 건우를 바라보았다.

"사실 나는 마법사라네."

"네?"

"이건 내 지팡이지. 음, 이것 좀 빼줄 수 있겠나?"

건우는 지팡이 중간에 어설프게 박혀 있는 못을 가리키며 사내에게 빼달라고 했다. 사내가 못을 잡고 조금 힘을 주니 못이 빠져나왔다. 조금 큰 못이었는데 녹슨 못은 아니었다.

"만져보게."

건우의 말에 사내는 못을 이리저리 만져보았다. 사내의 연인도 옆으로 와 못을 만져보았다. 건우가 손을 내밀자 건우에게 건네주었다. 건우는 잘 보라면서 두 손가락으로 못의 양끝을 잡았다.

힘을 주는 척하다가 한순간에 눈앞에서 그대로 접어버렸다.

"으악!"

"꺅!"

커플은 깜짝 놀라서 비명을 질렀다. 주변에 있던 관객들도 완전히 접혀버린 못을 신기하게 바라보았다. 건우가 사내에게 접힌 못을 건네자 사내는 못을 만져보며 어안이 벙벙한 표정이 되었다.

'마술로 보이겠지.'

이 정도 마술은 마술사라면 쉽게 할 수 있을 것이다. 허지만 건우는 마술을 몰랐다. 물론 누구보다 빠른 손놀림을 지니고 있었기에 배우게 된다면 단기간 내에 최고 수준이 될 수 있을 테지만 마술에 대한 지식은 전혀 없었다. 이번에는 진짜 완력으로 구부린 것이다. 건우만이 할 수 있는 일이었다.

아직 끝난 것이 아니었다. 건우는 못을 건네받고는 손에 쥐었다. 주먹을 꽈악 쥐면서 사내와 여인을 바라보았다.

"워!"

"꺄악!"

건우가 갑자기 다가가며 놀래자 여인이 사내에게 찰싹 달라 붙었다. 주변 관객들이 그걸 보고 웃었다. 건우는 마치 숙련된 마술사처럼 다른 손으로 주먹을 쥔 손을 가리키며 손가락을 이리저리 움직였다. 어디서 본 건 많은 건우였다.

주먹을 쥔 손에 입김을 불어넣고는 손가락을 하나씩 하나씩 폈다.

"허억!"

"와아!"

못이 완전히 구겨져 있었다. 정확히 건우가 쥔 모양으로 변했다. 관객들도 놀라며 박수를 쳤다. 누구도 트릭을 알 수 없는 진짜 마술을 선보인 건우였다.

아마 토마스도 깜짝 놀랐을 것이다.

'조금 오버했나?'

그래도 커플은 물론 관객들의 시선을 완전히 빼앗아 버렸다. 이제는 건우에게서 벗어나지 못할 정도로 푹 빠진 것이 보였다. 건우는 조금 더 많은 사람들을 끌어모을 생각이었다. 그래야 후원금도 늘어나기도 했고, 자신도 더욱더 재미를 느낄 수 있을 테니 말이다.

"음, 자네 좋아하는 곡이 있나?"

넋이 완전 나간 것 같은 사내에게 건우가 웃으면서 물었다. 음악을 하는 친구이니 그냥 한번 물어본 것이었다. 아는 노래가 나온다면 불러볼 의향은 있었다.

"아… 네! 제일 존경하는 가수의 곡입니다."

"오호? 뭔가?"

"아름다운 모든 것들입니다."

"음?"

건우는 깜짝 놀랐다. 설마 자신의 곡을 말할지는 예상하지 못했다. 좋아하는 것뿐만 아니라 존경한다고 말하기까지 하니 기분이 묘해졌다. 그리고 당연히 기뻐할 수밖에 없었다.

"음악을 들으면서 그 곡 외에 그런 감동적인 느낌을 못 받을 줄 알았는데… 오늘 어르신을 보니 세상은 넓다는 것을 느꼈습니다."

"그렇구만. 허허허."

대놓고 칭찬을 들으니 조금 민망해졌다. 변장한 상태에서 자신의 곡을 부르는 것은 자신이 그 가수라고 말하는 것과 같았다. 그러나 건우는 들키지 않을 자신이 있었다.

그럴 실력뿐만 아니라 마스크 싱어를 통해 단련된 뻔뻔함을 지니고 있었다.

"음, 참 대단한 가수지. 저번에 신기록을 세우지 않았나?"

"네, 그리고 아직도 차트에 있어요. 최근에는 다시 빌보드 3위까지 올라갔었어요. 배우로서도 엄청나고 정말 대단해요."

'골든 시크릿'이 개봉하면서 다시 건우의 노래가 빌보드 차트에 올랐다. 다시 1위를 탈환할 수 있을 거라는 전망이 나왔었다. 건우도 알고 있는 일이었다.

건우가 한국 인터뷰 중에 정규 앨범 계획 중이라는 발언이 번역되어서 미국에도 퍼졌는데, 아직 본격적인 곡 작업에도 들어가지 않은 상태였다. 그런데도 불구하고 나오기만 한다면 희대의 명반이 될 거라는 이야기가 나올 정도로 많은 팬들의 기대를 모으고 있었다.

그만큼 팬들은 건우의 새 노래에 대한 열망이 깊었다.

"으음, 그렇군. 그럼 그걸로 해볼까."

건우는 미니 기타를 잡고 일어났다. 노숙자 콘셉트에 맞춰 나왔으니 고가의 장비들이 있을 리 없었다. 제작진에서는 이 자리에서는 소규모 인원만 모일 거라고 생각했던 것이다. 그러나 건우의 목소리는 여기 모인 모두에게 또렷하게 들렸다.

건우는 아름다운 모든 것들의 전주를 연주하기 시작했다. 마치 음원과 같은, 아니, 음원보다 더 영롱한 기타 음색이 나오자 사내는 물론 사람들도 눈을 동그랗게 떴다.

건우는 원곡 그대로 연주하지 않고 살짝 바꾸었다.

건우의 목소리가 울려 퍼졌다. 음원과는 완전히 다른 매력이 있는 목소리였다. 음원 속 건우의 목소리는 포근하게 감싸

주는 느낌이라면, 지금은 처절한 절망 가운데서 아름다움을 노래하는 것 같은 깊은 슬픔이 배어 있었다.

이번만큼은 특별하게 한국어로 하지 않았다. 분위기에 맞게 영어로 개사해서 불렀는데 원곡과는 다른 느낌이 났다. 장소가 미국이니만큼 이해할 수 있는 가사는 더 큰 공감을 불러일으켰다.

진한 슬픔이 퍼져 나갔다. 커플은 서로를 감싸며 눈시울을 붉혔고 관객들도 대부분 울거나 슬픈 표정이 되었다. 조악한 미니 기타, 그리고 목소리만으로 사람들을 슬픔으로 몰아넣고 있는 것이다.

이 노래를 부를 때면 건우도 그러했다. 절로 훈훈한 미소가 그려질 때도 있었지만 다시 가사를 곱씹다 보면 지독한 슬픔이 느껴지기도 했다.

건우의 목소리를 방해하는 것은 아무 것도 없었다. 시끄러운 거리의 소리, 차들의 경적 소리, 조금 떨어져 있는 곳에 있는 공사장의 소리들도 건우의 노래를 방해하지 못했다. 직접 이 자리에 있는 이들에게는 기적과도 같은 경험이었다.

"아아……."

"훌쩍."

관객들은 점점 많아졌다. 이제는 통행에 방해가 될 정도로 많은 인파들이 몰려와 있었다.

모니터를 통해 그 광경을 보는 토마스도 반쯤은 넋을 잃고 있었다. 노래에 푹 빠져 있다가도 다시 현실로 돌아와 냉철하게 현장을 지휘할 수밖에 없었다. 순수하게 감상하지 못하는 지금의 상황이 원망스러웠다.

'이건 반드시 뜬다!'

토마스가 생각하기에 건우는 완벽 그 이상으로 프로그램의 본질을 잘 알고 있었다. 완벽에 가까운 연기와 노래, 그리고 중간의 퍼포먼스까지 정말 대단했다. 재미와 감동을 모두 잡고 있었다.

힘든 나날을 함께했던 스태프들을 바라보았다. 스태프들은 토마스와 눈이 마주치자 모두 씨익 웃었다. 모두 토마스와 같은 마음이었다.

건우는 가라앉은 분위기 속에서 노래를 마쳤다. 한동안 기타 연주가 계속되었다. 여운과 함께하는 기타 연주는 눈물샘을 아예 폭발시켜 버렸다.

조용히 연주를 마쳤다.

이번에는 환호 소리가 없었다. 박수와 함께 훌쩍이는 소리만이 들려올 뿐이었다. 모두 감정이 벅차오르는 아주 진한 여운에 갇혀 자신이 지금 거리 공연을 보고 있다는 것마저 잊고 있었다.

"감사합니다."

건우는 그렇게 말하면서 정중하게 인사했다. 맨 앞에 있던 할머니가 건우에게 다가왔다. 눈물을 흘리고 있었는데, 건우가 두 팔을 벌리자 건우를 끌어안았다. 관객들이 박수를 쳐주었다.

"고맙습니다. 덕분에 잃어버린 줄 알았던 옛 추억에 잠길 수 있었네요."

"별말씀을……."

그녀가 떨어지자 앞줄에 있던 사람이 주춤주춤 다가왔다. 건우가 두 팔을 벌리자 한 번씩 건우를 안고 갔다. 지저분해 보이는 모습이었지만 관객들은 신경 쓰지 않았다.

'위로받고 싶어 하는 사람들이 이렇게 많구나.'

건우는 따듯하게 포옹해 주며 그들을 위로해 주었다. 꽤 많은 사람들과 포옹을 했다. 학생, 노인, 그리고 경찰이나 식당 종업원까지 다양했다. 조금씩 따스한 기운을 나눠줬으니 그들 모두 오늘만큼은 좋은 마음으로 잠자리에 들 수 있을 것이다.

이제 물러갈 시간이었다. 이 장소에서 예정된 시간이 오버되었다.

슬쩍 관객 수를 보며 정산을 해보니 꽤 많은 후원금이 모인 것을 확인할 수 있었다.

건우는 만족했다. 두 곡을 불렀을 뿐인데 엔젤 보이스 역대 최고의 후원금을 달성한 것이다. 물론 그 전의 가수들이 큰

실적을 못 낸 것도 있기는 했다.

건우는 바닥에 내려놓은 모자를 바라보았다. 지폐와 동전이 모자에 가득 넘쳐나고 있었다.

'평생 이것만 해도 되겠는걸?'

감동적인 무대를 끝낸 사람치고는 세속적인 생각이었다.

아무튼 상당한 금액인 것 같았다. 건우가 갖게 되면 말이 나올 수도 있으니 건우는 이것도 기부금으로 낼 생각이었다. 건우의 정체에 대해 의심을 하는 사람은 단 한 명도 없었다.

'이건 이제 못 쓰겠네.'

미니 기타도 건우의 내력을 버티지 못해 반쯤 부서졌다.

건우가 미니 기타를 품에 집어넣고 자리를 벗어나려고 할 때였다.

"한 곡 더 해줘요."

"앙코르!"

관객들이 그렇게 말하면서 외쳤다. 주변 식당에서 음식과 음료를 가져와 건우에게 건네주었다. 포장된 피자와 파스타, 그리고 여러 가지 맛있는 음식이었다. 확실히 건우의 분장은 일주일은 굶은 것 같은 모습이기는 했다.

건우가 망가진 기타를 보여주자, 기타를 매고 있던 사내가 자신의 기타를 꺼내 건우에게 빌려주었다.

"음, 괜찮겠나? 비싸 보이는데."

"제가 영광입니다."

뮤지션들의 사인이 가득 적혀져 있는 기타였다. 생각보다
이 사내는 유명한 인물인 것 같았다. 건우는 기타를 살짝 쳐
보았다. 브랜드에 대해 아는 건 없었지만 석준의 기타와 비교
해도 전혀 밀리지 않았다. 건우가 귀를 만지작거리자 토마스
가 바로 반응을 해왔다.

—괜찮습니다. 상황이 아주 좋아요. 다음 장소를 취소하고
몇 곡 더 부르셔도 될 것 같습니다. 아니, 그렇게 해주세요.
곧 장비들을 투입하겠습니다. 자연스럽게 호응해 주시면 됩니
다.

건우가 엄지를 들며 알았다는 사인을 보냈다. 토마스의 연
락을 받고 다음 장소에 있던 스태프들이 서둘러 철수했다.

건우는 식당에서 준 음료수를 벌컥벌컥 마시고는 사내가
준 기타를 어깨에 메었다.

"그럼 더 불러볼까."

"오오오!"

건우는 모두가 알 법한 유명한 노래를 부르기 시작했다. 그
러자 관객들이 하나가 되어 노래를 따라 불렀다. 초라한 모습
인 건우가 관객들에게는 누구보다 위대한 음악가로 보였다.

위장을 한 스태프들이 은근슬쩍 장비들을 가져와서 아예
작은 콘서트장이 되어버렸다. 분위기를 타다 보니 내리 3곡을

더 불렀다. 예전에 유명했던 노래를 위주로 불렀는데, 덕분에 관객들이 모두 즐길 수 있었다. 예정 시간을 훌쩍 넘기고 나서야 건우는 지휘 본부가 있는 트레일러로 돌아올 수 있었다.

짝짝짝짝!

건우가 돌아오자 토마스가 자리에서 일어나며 박수를 쳤다. 다른 스태프들은 박수치며 환호했다.

"멋있었습니다."

"오오!"

진심이 담은 환대였다. 모두 다 건우의 열혈 팬이 되어 있었다. 그만큼 감동적인 무대였다.

건우는 잔뜩 받아들고 온 음식들을 스태프들에게 건넸다. 근처 식당에서 준 것이었는데, 하나둘 쌓이다 보니 대단히 많았다. 건우가 중간중간에 워낙 맛있게 먹다 보니 더욱 많이 준 이유도 있었다.

"제가 산 건 아니지만 일단 이동하시면서 드시지요."

"네? 조금 쉬시는 게⋯⋯."

건우의 말에 토마스가 조심스럽게 말했다.

"제 탓에 촬영 일정이 밀렸잖아요. 가능하면 모두 촬영하고 싶습니다만⋯ 아, 쉬시고 싶으시면⋯⋯."

"아닙니다! 바로 가죠! 하하!"

토마스가 크게 웃으면서 바로 무전을 날렸다.

건우는 촬영 시간이 더 길어져도 상관없다는 입장이었다. 건우처럼 성실하게 촬영을 마친 가수도 있었지만, 이렇게까지 프로그램을 생각해 주는 가수는 처음이었다.

다음 무대는 그래도 꽤 버스킹 장소로 유명한 곳이었다.

'재미있네.'

큰 무대와는 다른 재미가 있었다. 관객들의 얼굴을 하나하나 들여다 볼 수 있었고, 그들의 감정을 바로 앞에서 느낄 수 있었다. 무엇보다 직접적인 소통이 되는 느낌이었다.

그렇기에 공연을 통해 건우도 제법 감동을 받았다.

한국에 돌아가서도 자주 이런 무대를 가졌으면 좋겠다고 생각했다.

건우는 다음 무대가 벌써부터 기대가 되었다.

*　　　　*　　　　*

토마스는 환상적인 시간을 보냈다고 자부할 수 있었다. 그리고 이 환상을 시청자들에게 선보일 수 있는 것이 굉장히 기뻤다. 그리고 영광이었다. 이 가슴 떨리는 장면을 빨리 내보내고 싶었다. 편성 시간을 늘려달라고 말할 생각이었다.

첫 장소의 공연은 환상적이라는 말로도 모자랄 정도였다.

아! 그 감동이란!

꿈에서나 나올 법한 광경이었다. 대형 콘서트를 많이 보았지만 이토록 가슴을 울리는 공연은 그의 인생에 처음이었다.

아침 일찍부터 시작된 여정이 힘들 법한데도 건우는 그런 내색을 한 번도 하지 않았다. 옮기는 장소마다 열성적으로 노래를 불렀고 그로 인해 기부금은 계속해서 치솟았다.

'그는 인류의 보물이야!'

노래를 잘 부를 것이라 짐작은 했었다. 그러나 분장을 다르게 할 때마다 그에 맞춰서 성대를 바꾸기라도 하는지 매번 목소리가 달라졌다. 거친 목소리, 중후한 목소리, 그리고 담백한 목소리에 이르기까지.

누가 동일인이라고 판단할 수 있을까?

그는 천의 얼굴과 천의 목소리를 지닌 가수였다.

마지막 공연도 굉장했다. 정장과 하얀 마스크를 쓰고 노래를 부르는 모습은 넋을 잃게 만들었다. 이번에는 중성적인 목소리였다.

너무나 맑은 목소리에 귀가 정화되었다. 마지막 공연은 기타가 아닌 피아노였다. 낡은 피아노를 하나 옮겨 놓고 피아노를 치면서 노래를 불렀다. 마치 양파처럼 까도 까도 새로운 모습이 나와 토마스는 혀를 내두를 수밖에 없었다.

지나가는 사람은 물론이고, 카페 테라스에 앉아 있던 사람들, 그리고 버스킹을 하고 있던 이들이 전부 몰려오는 광경은 기적이 일어나는 것처럼 보였다.

그는 블랙홀 같은 힘을 지닌 가수였다.

'애초부터 그에게 이 도전 따위는 아무것도 아니었어.'

많은 가수들이 자기 정체를 숨기느라 공연을 망치거나, 아니면 들켜서 그냥 팬미팅 현장이 되어버리거나, 둘 중 하나였다. 생각해 보면 폐지 수순은 당연한 것이었다. 시즌2도 이 한 편으로 끝내자는 의견이 많았다. 그렇게 된다면 시즌2가 아니라 이건우 특별편이 될 것이다.

차라리 그랬으면 했다. 이런 마무리라면 토마스는 두 팔을 벌려 환영할 수 있었다.

"가지 말아요!"

"한 곡 더!"

앙코르 요청이 많았지만 이미 예정된 곡보다 많이 부른 상태였다. 건우가 퇴장하자 토마스와 카메라 한 대가 관객들에게 다가갔다. 관객들의 반응을 직접 듣기 위해서였다.

프로그램을 좀 더 풍부하게 하는데 필요한 연출이었다.

건우와 제일 가까운 곳에서 신나게 환호한 여성에게 다가갔다. 방송인 것을 알리고 양해를 구했다.

"방금 공연 어떠셨나요?"

"환상적이었어요! 평생 따라다니고 싶을 정도로요! 근데, 이거 방송인가요?"

"진짜 온몸에 전율이……."

"어딜 가야 다시 볼 수 있죠? 이거 무슨 방송인가요? 저 사람 누구예요? 신인? 환상적이에요!"

토마스의 예상대로 폭발적인 반응을 보여주었다. 관객들의 표정이 전부 살아 있어 전혀 과장된 반응으로 보이지 않았다. 몸을 부르르 떨거나 흥분이 가득한 얼굴은 진짜였다. 감동에 겨워 실신한 관객들도 화면에 담겼다.

궁금해하는 관객들에게 토마스는 씨익 웃으면서 입을 열었다.

"감사합니다. 조만간 곧 아실 수 있을 겁니다."

관객들이 고개를 갸웃거렸다. 토마스는 의미심장한 미소를 남긴 채 트레일러로 돌아왔다. 클로징 촬영을 기다리고 있는 건우의 모습은 토마스에게는 거룩한 신처럼 느껴졌다.

"건우 씨, 정말 고생이 많으셨습니다."

"저보다 스태프분들이 더 고생이 많았죠. 저는 그냥 공연하면서 논 것밖에 없는데요. 오늘 하루 정말 감사했습니다."

"하하, 별말씀을 다 하십니다."

그는 끝까지 겸손했다. 그리고 스태프들을 배려해 주었다. 전미 대륙에 파란을 불고 올 촬영이 조용하게 마무리되었다.

*　　　　*　　　　*

엔젤 보이스 촬영을 마치고 건우는 다시 조금 특이하다고 할 수 있는 일상 속으로 복귀했다. 잡지사와의 인터뷰와 화보 촬영 스케줄도 추가적으로 소화했다. 계획에 없는 일이었지만 즐겁게 촬영했다.

화보 촬영은 예전에도 찍은 적이 있던 향수 브랜드였기 때문이다. 그 브랜드가 아니었다면 결코 화보 촬영에 응하지 않았을 것이다. 그쪽에서 직접 LA까지 날아와 스튜디오를 대관해 촬영을 했다. 물론, 그때와 지금과 출연료는 천지 차이였다. 건우는 돈에 대한 현실감각이 조금 없어지는 것 같았다.

건우는 한국에 돌아가면 석준과 상의를 해서 의미 있는 곳에 돈을 쓸 생각도 있었다.

건우는 엔젤 보이스가 어느 정도 먹힐 거라고 생각은 했지만 별로 신경을 쓰지 않고 있었다.

엔젤 보이스 건우편의 분량은 총 3회분이었다. 건우가 아주 충실하게 분량을 뽑아주었기에 3회 분량으로 특별 편성이 되었다. 내부 반응도 좋은지 적극 홍보에 나섰다.

홍보 효과는 좋았다. 건우가 출연한다는 것만으로도 고정 시청률은 확보한 셈이었다. 어째서 인기 없는 프로그램에 출연했는지 의문을 표하는 팬들도 많았지만 그래도 음악에 관련된 프로그램이니만큼 기대감이 높아졌다. 건우가 휩쓸 것이

확실시되는 그래미 어워드 시기와 맞물려 좋은 시너지 효과
를 낳고 있었다.

건우의 팬사이트나 SNS에서도 모두 기대된다는 멘트가 달
렸는데, 탐탁지 않게 생각한 사람도 있었다.

바로 엔젤 보이스 시즌 1을 망친 주범 제드먼이었다.

제드먼

가수는 노래로 말한다.

버스킹을 쉽게 생각하는 가수가 많아 참 아쉽다.

돈을 쏟아부어서 홍보해 봤자 뭐가 나오겠나? 거리 공연은
영화가 아니다.

실전이다.

전쟁과도 같은 실전!

노래를 등한시한, 나의 기대를 배신한 그의 출연이 아쉽기
만 하다.

때가 왔다. 이제 모든 것이 결판날 것이다.

누가 승자인지 온 세상이 알게 될 것이다.

중2병 걸린 것 같은 오글거리는 멘트였다. 요즘 들어 더욱
심해졌는데, 매일매일 흑역사를 갱신하는 중이었다.

NGL 방송사 측에서는 속이 부글부글 끓을 수밖에 없었다.

가만히 있어도 찾아가서 패고 싶을 정도였는데, 디스를 해대니 속이 터질 노릇이었다. 제드먼은 줄기차게 까이고 있었지만 오히려 그걸 자신을 홍보하는 노이즈 마케팅으로 이어가고 있었다.

드디어 베일에 쌓여 있던 엔젤 보이스가 전파를 탔다.

건우의 어느 정도 먹힐 거라는 예상은 아주 큰 착각이었다.

천천히 올라가던 시청률은 2회 분에 들어서는 1위를 기록했다. 경쟁자가 그 유명한 수사 드라마였는데, 10주 연속 이어 오던 1위를 내어주게 되었다.

엔젤 보이스의 생생한 현장감을 그대로 안방에 전달한 것이 컸다. 건우의 노래를 음원보다 더 생생한 현장감으로 보여 주고 들려주니 시청자들은 자연스럽게 빨려 들어갔다.

카멜레온처럼 매 장소마다 콘셉트를 바꾸는 건우의 능청스러운 연기도 큰 웃음과 재미를 선사해 주었다. 그리고 노래가 주는 감동도 있었다.

'이야, 꽤 멋지네.'

건우는 뉴욕 타임즈 잡지를 바라보고 있었다.

'정복자'라는 단어와 함께 건우의 사진이 표지에 실려 있었다. 살짝 거만하게 웃으면서 정면을 바라보고 있었는데 건우가 보기에도 상당히 멋졌다. 한국에서는 레어 아이템으로 통하며 못 구해서 난리라고 한다.

건우는 흐뭇하게 바라보다가 엔젤 보이스의 반응도 볼 겸, 자신의 팬사이트에 들어갔다. 팬사이트에 들어갈 때마다 놀라지 않을 수 없었다.

방문자 숫자는 전과 비교할 수 없었고 다양한 나라의 팬들이 모여들었는데, 전문 기자도 있어 전문적인 느낌이 물씬 풍겼다.

마치 뉴스 사이트 같은 풍모였다. 물론, 건우의 팬사이트이니 만큼, 건우의 사진이 잔뜩 걸려 있었다.

'내 소식에 관련된 사항은 딴 곳에 가서 볼 필요가 없네.'

역시 가장 화제가 된 것은 북미에서 뜨거운 반응을 얻고 있는 엔젤 보이스였다.

[엔젤 보이스, 이건우가 선물한 감동적인 공연.]

[토요일 밤의 선물. 전 미국인을 위로하다.]

[연기와 노래의 조화, 그리고 감동.]

[UAA: 제드먼? 신경 안 써.]

슬쩍 댓글을 본 건우는 약간 섬뜩해졌다. 특히 제드먼이 언급되어 있는 글에는 질타들이 쏟아져 내렸다. 꽤 격하게 자신을 사랑해 주고 있다는 것을 느낄 수 있었다. 그만큼 앞으로도 잘해내야 한다는 부담감이 심해지긴 했다.

"음?"

건우의 시선을 잡아끄는 제목이 있었다.

[제이콥 리 경관에게 쏟아지는 찬사.]

자신이 아닌 다른 사람의 이야기였다. 건우는 궁금해서 들어가 보았다. 기사가 스크랩되어 있었는데, 영어, 한국어, 중국어, 일본어, 그리고 스페인어로까지 번역되어 있었다. 건우는 YS가 상당히 고생하고 있음을 느꼈다.

엔젤 보이스에서 노숙자로 변장한 이건우에게 친절을 베풀어 준 경관에게 찬사가 쏟아져 내리고 있다. 지난 13일에 방송된 엔젤 보이스에서……

…

(중략)

…

경찰 총기 사건, 과잉 진압으로 흉흉해지고 있는 상황에서 오랜만에 들려오는 훈훈한 소식이라고 할 수 있겠다. 뉴욕시는 제이콥 리 경관에게 친절한 경찰관상을 신설해 수여할 계획이라고 밝혔다.

첫 공연 때 커피와 음식을 준 경찰관이 떠올랐다. 그는 대단히 친절했었는데, 사람들이 몰려오니 행여 다칠까 봐 사람들을 통제해 주기도 했다.

건우가 트레일러로 돌아올 때 쫓아와 도움이 필요한지, 현재 어떤 상황인지 알려달라고 묻기도 했다. 건우는 그에게서 가식 없는 친절을 느낄 수 있었다.

그러나 상을 받을 정도까지인지는 판단을 잘 내릴 수 없었다.

'나도 영향력이 꽤 대단한걸?'

건우는 그렇게 생각하며 피식 웃었다.

그밖에도 다양한 것들이 있었다. 여러 잡지사가 통계한 세계 외모 순위는 건우가 미국에 온 이후부터 계속 1위였고 '결혼하고 싶은 남자 1위', '목소리가 섹시한 남자 1위' 등등 1위 트로피를 싹쓸이했다.

사이트를 둘러보니 역시 곧 있을 그래미 어워드가 최대의 관심사였다.

재미있는 점은 제드먼도 유력 후보로 거론되었는데 노래만큼은 대단히 좋아서였다.

'과연 어떻게 될까?'

가장 권위 있는 시상식 중 하나인 그래미 어워드였다.

이런저런 말들이 많이 쏟아져 나오는 시상식이기도 했지만 역시 기대가 되는 것은 어쩔 수 없었다. 음악 시상식은 처음이었기 때문이다.

첫 음악 시상식을 그래미 어워드로 참여하게 된 건우였다.

4. 그래미 어워드

'전미국레코드예술과학아카데미(NARAS: Nation Academy of Recording Arts & Science)'에서 주최하는 최고로 권위가 있는 시상식, 그래미 어워드!

영화로 치면 아카데미상에 비견되었다. 43개 부문에 걸쳐 시상을 했는데, 가장 주목 받는 상을 꼽으라면 '올해의 레코드', '올해의 앨범', '올해의 노래', '신인가수상' 이 네 부문이었다.

다양한 요소를 반영해 수상자를 결정하는데, 매번 지적을 받고 있는 부분은 비영어권 음악과 가수에 대해서는 배타적이라는 것이었다.

그렇기 때문에 이번 시상식이 더 집중 조명을 받고 있었다. 미국뿐만 아니라 아시아권에서도 주의 깊게 보고 있었다. 건우가 올해의 앨범을 제외한 세 부문에 후보로 이름을 올렸기 때문이다.

제드먼은 신인가수상을 제외한 세 부문에 이름을 올렸는데, 심판의 날이 왔다며 SNS에서 떠들어대고 있었다. 엔젤 보이스의 성공이 어지간히 꼴 보기 싫은 모양이었다.

이번 제60회 그래미 어워드의 집계 기간은 17년도 10월부터 18년 9월까지이기 때문에 꽤 아슬아슬하게 들어갈 수 있었다. 시기가 절묘하게 맞아떨어졌다.

그래미 어워드를 맞이하는 건우도 분주했다. 건우 본인 때문이 아니었다. 건우 본인은 준비할 것이 별로 없었다. 그래미 어워드를 여는 첫 무대를 건우가 장식하기는 하지만, 당일 리허설로 충분했고 스타일링은 에이전시에서 전담하니 건우는 몸만 움직이면 되었다. 가서 박수 치며 지을 미소만 장착하면 되는 것이다.

건우가 바쁜 이유는 손님맞이 때문이었다. 손님맞이를 위해 대청소를 하고 여러 가지 물품들을 구입했다.

건우의 노래가 후보에 오르니 자연스럽게 프로듀싱을 해준 석준도 그래미 어워드에 참여하게 되었다. 올해의 레코드 상을 탈 경우에는 가수, 프로듀서, 엔지니어에게 공동으로 수여가 되기 때문이다.

그리고 리온과 진희도 참석할 예정이었다. 건우에게 배정된 초청권도 있었고 한국에서 유명한 연예인이라는 자격으로 참여할 수 있었다.

건우는 매니저를 통하지 않고 직접 그들을 데려오고 싶었다. 그걸 마이클에게 말하니 마이클은 바로 차 한 대를 몰고 건우의 집 앞까지 왔다.

"오늘도 좋은 날입니다. 자! 분부하신 차를 대령했습니다."

"아……."

고급 차량이 건우의 집 앞에 서 있었다. 한국에서 타고 다니면 알아서 주변 차량들이 피해갈 정도의 차량이었다. 한국에서 출시된 적이 없는 초고가의 모델이긴 하지만 말이다. 에이전시에서 특별히 구해온 차량이었다. 이렇게까지 해줄 필요는 없었지만 에이전시는 건우에게 최고의 대우를 해주려 노력하고 있었다.

"그냥 평범한 차로 괜찮았는데……."

"무슨 소리를 하시는 겁니까? 이 잘빠진 곡선, 묵직한 차체, 그리고 유려한 앞면은 월드스타 이건우 씨에게 딱입니다."

"이거 운전하기가 겁나는군요."

마이클이 웃으면서 건우에게 키를 건네줬다.

"그럼 절대 안전 운전 하는 거 잊지 마세요. 마음 같아서는 제가 모시고 가고 싶지만 건우 씨가 직접 가신다고 하니……."

"걱정 마세요. 뭐, 사고가 나도 전 아마 멀쩡할 거예요."

"사고는 안 나는 게 제일 좋습니다. 가끔 저번 일이 떠오를 때마다 밤잠을 설칩니다."

면허는 이미 처리를 해놓아 문제가 없었다. 건우는 조심스럽게 운전석에 올랐다. 운전대도 고급스러웠다. 건우는 슬며시 운전대를 잡았다.

"건우 씨는 의외의 부분에서 소심하시네요. 그런 부분도 보기 좋습니다. 아! 잠시만요."

마이클은 주머니에서 선글라스 케이스를 꺼내 건네주었다.

"이건 선물입니다."

"감사합니다. 이거 꼭 그 느낌 같네요."

"네?"

"동창회 가는데 사장님 차를 타고 가는 것 같은 느낌이요. 기가 팍 사네요."

"하하하! 재미있는 표현이네요."

건우도 어렸을 때 한 번쯤 꿈꿔본 장면이었다. 동창회에 고급 외제차를 딱 몰고 가서 별것 아니라며 으쓱해하고 싶은 느낌. 지금의 경우와는 완전히 달랐지만 그런 느낌이 났다. 지금 건우에게는 결코 이 차량이 허세가 아니었다.

돈이 아깝기는 하지만 건우가 충분히 살 수 있는 금액이기도 했다. 아무나 살 수 없는 차량이었지만, 건우라면 문제가 없었다.

건우는 선글라스를 썼다. 건우에게 뭐든 다 잘 어울리지만 특히 이 선글라스는 잘 어울리는 느낌이었다. 마이클의 안목을 볼 수 있는 선물이었다.

네비게이션을 켜고 도로를 달렸다. 한국에서 타고 다니는 차와 비교도 되지 않을 정도로 부드럽게 달려 나갔다.

'이래서 좋은 차를 타는 것이군.'

건우는 기분이 상당히 좋아졌다. 그러다가 눈썹이 찡그려졌다.

'음……'

백미러를 통해 건우의 차에 따라 따라붙으려는 파파라치가 보였기 때문이다. 사고 이후 한동안 조용했다가 요즘 들어 슬슬 다시 기승을 부리고 있었다.

'중요한 날을 망칠 수는 없지.'

마침 신호가 걸렸다. 건우는 내공을 살짝 끌어 올려 살기를 쏘아 보냈다. 파파라치들은 모조리 그 자리에서 기절해 버렸다. 건강에는 지장이 없을 테지만 밤마다 악몽을 꿀지도 몰랐다.

빠앙!

경적이 울렸다.

건우의 차가 출발했는데, 다른 뒤에 있던 차들은 그렇지 못했다. 파파라치의 차량이 그대로 서 있었기 때문이다. 푹 자고 일어나면 병원일 것이다.

건우는 여유 있게 파파라치들을 따돌렸다. 건우를 추적하기 위해서는 헬기라도 띄워야 할 것이다.

'기분이 좋군.'

드라이브를 하니 상쾌했다. 미국에 와서는 처음이었다. 아직 시간의 여유가 있으니 느긋하게 공항으로 향했다. 기왕 나온 거 기분 전환도 할 겸 차를 햄버거 매장으로 돌렸다.

화경으로 가는 길목에 있는 덕분에 수련할 때도 음식을 조절할 필요는 없었다. 내력으로 모조리 태워 버릴 수 있었다. 건우는 그야말로 신이 내린 체질이었다. 아무리 먹어도 살이 찌지 않았다. 요리에 취미를 들이면서 미식의 세계를 탐구하고 있는 건우였다.

미국은 드라이브 스루(Drive through) 문화가 잘 발달되어 있었다.

차에서 내릴 필요 없이 화살표를 따라 차를 이동했다. 대기하고 있는 차는 없어 바로 주문하는 곳까지 이동할 수 있었다. 메뉴판을 바라보았다.

'뭐가 맛있을까? 그냥 가장 큰 걸로 먹어야겠다.'

주문 기계가 보이자 건우는 가장 커 보이는 햄버거를 누르고 다시 차를 이동했다. 음식을 받는 곳에 오자 점원이 건우를 맞이했다.

건우 또래로 보이는 여직원이었는데 매장 코스튬이 인상적이었다. 머리에 소뿔을 달고 있었다. 나름 귀여운 모습이었다. 커다란 눈이 인상적이었다.

"안녕하세요. 주문하신… 꺄악!"

점원이 건우에게 햄버거 세트가 든 봉투를 전해주려다가 건우를 보고는 깜짝 놀라 비명을 질렀다.

"거, 거, 건우?"

선글라스를 쓰고 있음에도 건우를 알아본 것 같았다. 건우는 부정하기도 뭐해서 고개를 끄덕였다. 건우는 선글라스를 벗고 웃으면서 인사를 건넸다.

"아, 네. 안녕하세요?"

"팬이에요! 잠시만요! 아아! 이, 이거 제가 대신 부담해서… 하느님 맙소사!"

점원은 호들갑을 떨더니 주섬주섬 이것저것 종이봉투에 넣었다. 약간 패닉 상태인 것 같았다. 다른 점원이 무슨 일인가 싶어 왔는데 건우를 보고는 또 비명을 질렀다.

"정말 팬이에요. 정말!"

"네, 감사합니다."

"노래도 다 외웠어요. 천 번도 넘게 불러본 것 같아요!"

"정말요? 그럼 불러줄 수 있나요?"

건우가 그냥 농담으로 건넨 말이었는데 점원은 일순간 굳었다. 그러다가 격하게 고개를 끄덕이더니 건우의 노래를 부르기 시작했다.

바로 '아름다운 모든 것들'이었다.

다행히 대기하고 있는 차는 없어 민폐는 아니었다.

그녀의 입에서 술술 한국어 가사가 나오기 시작했다. 얼마나 많이 불렀는지 한국어 발음이 거의 완벽했다. 그러나 노래 실력이 가장 놀라웠다. 아름다운 모든 것들을 자기만의 스타일로 해석해서 불렀는데 굉장히 듣기 좋았다.

건우도 노래를 듣다가 같이 따라 부르기 시작했다. 옆에 점원은 스마트폰을 들고 그 모습을 찍으며 아예 춤을 췄다.

'잘 부르네. 대단해.'

아마추어라고 느껴지지 않을 만큼 풍부한 성량과 힘 있는 목소리를 지니고 있었다. 특히 리듬감이 엄청났다. 노래를 사랑해 주고 있다는 것이 절실하게 느껴져 건우는 감동을 느꼈다.

건우는 점원의 목소리에 맞춰주었다. 소리가 한층 풍부해지자 점원의 흥이 대폭발했다. 건우도 기분이 좋아 문을 두드리며 박자를 탔다.

점원의 애드립이 이어졌다.

"후우우우~ 우우!"

건우도 같이 음을 맞췄다.

노래가 끝나자 점원이 건우를 바라보더니 눈물을 터뜨렸다. 뭔가 사연이 있는 것 같았지만 건우는 묻지 않았다.

"좋은데요? 가수를 해도 되겠어요. 요즘 들어본 노래 중에 최고였어요."

"가, 감사… 흐흑."

점원이 부들부들 떨리는 손으로 햄버거가 든 봉투를 건우에게 건네줬다.

"사진 찍으실래요?"

건우가 먼저 말하자 점원이 허겁지겁 핸드폰을 꺼냈다.

건우는 차에서 내렸다. 점원에게서 핸드폰을 받은 다음 자신과 점원이 잘 나올 수 있게 사진을 찍었다. 잠시 핸드폰을 바라보다가 동영상으로도 찍기 시작했다.

"정말 노래를 끝내주게 잘 부르는 분입니다. 이름이 어떻게 되세요?"

"아, 안나요."

"네, 안나 씨. 여기 단골이 될 것 같은데요? 오! 올해의 직원이시네요."

"네. 저, 저번 달에 뽑혔어요."

"정말 멋집니다. 정말 좋은 시간이었어요. 다음에 또 들를

게요."

그렇게 동영상을 남기고 핸드폰을 건네주었다. 건우는 간신히 눈물을 그친 점원에게 사인을 해줬다. 건우의 사인은 귀한 편이었다. 건우가 워낙 밖으로 잘 돌아다니지 않는 편이기 때문이다. 건우는 사인을 해주고 '최고의 가수'라고 적어줬다. 종이가 아니라 그녀가 꺼내온 하얀 티셔츠에 해주었다.

뒤에서 차가 들어오는 것이 보이자 건우는 손을 흔들어 인사를 하고는 차에 탔다. 결제를 하는 것도 당연히 잊지 않았다.

'뭐가 이렇게 많아?'

종이봉투를 들여다 본 건우는 깜짝 놀랐다. 각종 소스와 함께 엄청나게 많은 감자튀김이 들어 있었다. 게다가 어린이 세트용 피규어도 있었다. 건우는 운전대 앞쪽에 올려놓고는 잠시 차량을 정차시킨 다음에 햄버거를 먹었다.

'맛있네.'

건강 음식은 절대 아니었지만 맛만큼은 어쩔 수 없이 너무 좋았다. 부족한 맛이 느껴지기는 했지만 한 끼로는 든든했다. 무엇보다 가격이 대단히 쌌다. 아마 요리해 먹는 것보다 저렴할 것이다. 물론 그게 결코 좋지만은 않겠지만 말이다.

건우는 공항으로 향했다. 방금 전 일도 있고 해서 기분은 매우 신선했다. 라디오를 틀고 즐겁게 운전했다. 마침 자신의 노래가 나오고 있었다.

공항에 도착하고 잠시 차에서 대기했다. 도착 시간이 되자 건우는 모자를 눌러쓰고 마스크를 썼다. 거울을 보니 눈밖에 드러나 있지 않아 웬만한 눈썰미가 아니면 모를 것 같았다.

'답답하지만 어쩔 수 없지.'

유명하다는 건 장점도 많지만 감수해야 하는 부분도 분명히 있었다. 장점이 더 많기에 많은 사람들이 유명해지기를 갈망하는 것이다.

건우는 차에서 내려 국제선 도착 게이트 쪽으로 갔다. 사람들이 꽤 있었는데, 건우가 곁에 서니 옆에 있는 사람들이 힐끔거렸다. 얼굴은 가릴 수 있어도 우월한 기럭지와 분위기는 가릴 수 없었다. 주변인들은 모두 건우가 특별한 사람이라는 것을 느끼고 있었다.

'응?'

플래카드를 들고 있는 사람들이 보였다. 대부분 아시아인이었지만 다른 인종들도 있었다. 플래카드는 한글로 적혀 있었다.

─리온 오빠 환영해!

─리온 짱!

─우윳빛깔 리온!

건우는 그 글귀를 보고 입이 살짝 벌어졌다. 리온은 그럭저력 해외에서도 먹히는 모양이었다. 한류라는 것을 리온으로 인해 새삼 느낄 수 있었다. 기자들도 보였는데 한국인으로 보이는 기자들이 대부분이었지만 해외 매체도 있기는 했다.

'연예인은 연예인이네.'

미국에서 벌어지는 풍경이라고 생각하니 건우가 다 흐뭇해졌다. 잠시 기다리자 드디어 탑승객들이 나오기 시작했다. 석준의 모습이 먼저 보였다. 거대한 캐리어를 끌고 나오고 있었는데, 남들의 시선을 의식했는지 한껏 차려입었다.

리온과 진희도 나왔다. 리온은 아이돌 출신 가수답게 꽤 트렌디한 복장이었다. 진희는 수수한 복장이었지만 워낙 미모가 뛰어나 오히려 리온보다 더 보기 좋았다.

'미국 왔다고 한껏 들떠 있구만.'

건우는 살짝 자세를 낮추었다. 본래는 공항에서 통역사와 안내 직원을 만나기로 되어 있었다. 그러나 건우가 대신 간다고 알려서 오지 않았다.

저들은 건우가 이곳에 있다는 사실을 전혀 모르고 있었다. 뉴욕에 있다고 알고 있을 뿐이었다. 가짜 스케줄까지 흘리는 치밀함을 보인 건우였다.

"오! 하이!"

리온이 마중 나온 팬들에게 손을 흔들었다. 그리고는 밖으로 나왔다. 건우는 기척을 죽이며 그들의 뒤로 접근했다. 리온이 이리저리 둘러보더니 고개를 갸웃했다.

"음, 아무도 없는데요?"

"이상하네. 전화해 보니 도착했다고 그러던데."

석준이 인상을 썼다. 진희는 신기한지 이리저리 고개를 돌리기 바빴다. 석준은 다시 전화를 했는데, 상대편이 전화를 받았다. 석준의 얼굴이 구겨졌다.

"와, 일처리를 어떻게 하는 거야? 방금 통화할 때는 도착했다고 해놓고서는 이제는 못 온다네?"

"오빠, 그럼 우리끼리 찾아가는 건 어때요? 요새 영어 좀 공부하셨잖아요."

"으, 음……."

석준은 자신 없어 했다. 영어 실력은 있었으나 자신감이 부족했다. 리온이 패기 있게 나섰다.

"오! 그럼 저에게 맡겨주세요! 헤이! 헤이! 웨얼 이즈……."

리온은 석준보다 훨씬 영어가 짧은 편이었지만 자신감은 대단했다. 공항 직원에게 보디랭귀지까지 동원하며 말하는 모습을 본 석준이 감탄했다.

"역시 유학파……."

"2개월짜리이니 관광파겠지요."

석준의 말에 진희가 고개를 설레 저으면서 대답했다. 진희와 석준은 건우가 바로 등 뒤에 있음에도 생각에 집중하고 있는지 못 알아차렸다.

'오늘은 놀래는 일이 많네.'

건우는 씨익 웃으면서 진희의 어깨를 손가락으로 툭툭 쳤다.

"저기, 한국인이시죠? 도와드릴까요?"

"네? 괜찮……."

진희와 석준이 동시에 건우를 바라보았다. 마스크로 얼굴을 가리고 있었지만 진희는 단번에 건우를 알아봤다.

"꺄악!"

진희가 엄청 놀라며 물러났다가 건우를 다시 바라보더니 건우와 포옹했다. 건우는 진희를 토닥여 준 후에 석준을 바라보았다. 석준은 씨익 웃으며 건우와 눈을 맞추었다.

"너 뉴욕 갔다며. 어떻게 왔어?"

"가다가 비행기 돌려서 왔어요."

"퍽이나 그랬겠다."

석준이 어이없는 듯 건우를 바라보았다.

"진짜야?"

"아마도?"

진희가 건우를 올려다보며 진지하게 묻자 건우가 피식 웃으면서 그렇게 말했다. 슬슬 주변 사람들의 시선이 몰리기 시작했다. 건우를 알아본 사람들이 조금씩 생겼다.

"일단 차로 가죠."

건우는 짐을 나눠서 끌어주며 차를 향해 걸어갔다. 건우를 따라가다가 석준이 갑자기 걸음을 멈췄다.

"아, 리온은?"

"아… 맞다."

진희도 석준이 언급하고 나서야 리온이 없다는 걸 깨달을 수 있었다. 너무 자연스럽게 리온이 잊혔다.

"버스 표 샀어요!"

리온이 버스표를 흔들면서 뛰어왔다. 그러다가 건우를 발견하더니 깜짝 놀라며 표를 떨어뜨렸다.

건우는 그를 바라보며 손을 휘저었다.

"기왕에 버스표를 산 거 선배님은 버스 타고 가시죠."

"후배님! 우아아!"

리온이 건우에게 달려왔다. 이산가족이 상봉하듯이 와서 얼싸안았는데 건우가 인상을 쓰며 바로 떼어냈다.

리온이 소란을 부린 탓에 이목이 집중되었다. 기자들도 슬슬 냄새를 맡은 것 같으니 빠르게 벗어나야 했다.

건우와 셋은 차로 이동했다. 석준은 차를 보자마자 감탄했다.

"오, 이거 네 거야? 이거 아무나 못 타는 차인데. 한국에서는 나오지 않은 차야."

"제가 아무나인가요?"

"그, 그렇지. 월드스타! 하하하."

"뭐, 빌린 거지만요."

짐을 싣고 모두 차에 올랐다. 조수석에는 리온이 타려고 하다가 진희가 째려보자 움찔하더니 진희에게 양보했다.

"출발할게요. 제가 쭉 모시겠습니다."

"오, 건우 멋진데~"

"멋져."

"멋집니다."

건우는 피식 웃었다.

"이야! 건우 핸들 돌리는 폼 봐. 죽이는데?"

"굿굿."

"캬아, 후배님 화보인 줄."

계속되는 칭찬에 건우는 작게 한숨을 내쉬었다.

"이야~! 건우 선글라스 잘 어울리는 거……"

"나 잘난 거 알았으니까 그만들 해요."

셋은 모두 웃음을 터뜨렸다. 건우는 고개를 설레 젓다가 피식 웃고는 다시 운전에 집중하기 시작했다.

저녁이 되어서야 건우의 집에 도착했다. LA의 교통 체증은 상당한 편이었기 때문이다.

셋은 호텔에 묵을 필요 없이 건우의 집에서 지내기로 예정되어 있었다. 사실 건우의 집이 호텔보다 좋은 편이기도 했다. 손님맞이를 위해 이불이며 생활용품까지 전부 준비해 놓았다.

다음 날이 바로 그래미 어워드였지만 넷은 밤새도록 이야기 하느라 늦은 시간에서야 겨우 잠에 들었다.

최근에 영화 홍보차 한국에 갔을 때 만났지만, 마치 오랫동안 떨어져 있었던 것처럼 할 이야기가 많았다.

$*$ $*$ $*$

다음 날.

건우는 바쁘게 움직였다. 일단 오전에 무대 리허설을 하고 왔고 오후에 바로 스타일링을 받으러 갔다. 석준과 진희, 리온은 에이전시 구경도 할 겸, 주변 관광도 할 겸 미리 출발했기에 건우는 오전에 일어나서 잠깐 본 이후에 그들을 보지 못했다.

해외에 많이 다녔지만 할리우드는 처음인 석준은 아침부터 잔뜩 흥분해 부산을 떨었다. 건우는 그 광경이 떠올라 피식 웃었다.

그리고 거울을 바라보았다. 거울 속에는 지금까지와는 다른 인상의 남자가 서 있었다.

'음, 괜찮네.'

건우는 오늘 자신의 모습에 만족했다.

건우에게 미국 최고의 스타일리스트들이 오랜 시간 달라붙어, 머리부터 발끝까지 전부 신경 써주었다.

요정왕 배역 때문에 자를 수 없던 머리를 짧게 깎았다. 정장은 최고급으로, 오로지 건우만을 위한 의상이었다.

요정왕이라는 배역은 건우에게 큰 성공을 가져다주었지만 이미지가 고착되어 버리기도 했다. 다음 작품에도 큰 영향을 미칠 수밖에 없었다.

요즘 이건우 하면 노래보다는 요정왕이었다. 엔젤 보이스에서 가수로서의 능력을 선보이기는 했으나 요정왕 이미지를 희석시킬 수는 없었다. 건우는 '골든 시크릿' 팬들 사이에서 자신이 신성시되는 분위기가 기쁘기도 했지만 걱정스럽기도 했다.

그랬기 때문에 현재의 스타일링은 요정왕과는 완전히 달랐다. 아름다운 모습보다는 남자다운 모습을 더 부각시켰다. 건우는 물론 지켜보던 매니저도 대단히 만족스러운 표정을 지었다.

'오늘은 시간이 참 빠르네.'

오전부터 지금까지 쉴 틈 없이 준비하다 보니 그렇게 느꼈다. 매니저가 잠시 생각에 빠져 있는 건우를 바라보면서 씨익 웃었다.

"에이전시에서 준비한 것이 있다더군요."

"준비요?"

"네. 일단 가서 직접 보시지요. 아마 깜짝 놀라실 겁니다."

매니저가 그렇게 자신했다. 건우는 무척이나 궁금해졌다. 건우의 매니저는 결코 과장된 말을 할 사람은 아니었기 때문이다.

건우는 매니저를 따라 밖으로 나왔다.

건우는 깜짝 놀랄 수밖에 없었다. 바로 앞에 거대한 길이의 검은색 리무진이 세워져 있었다. 제복을 입고 있는 운전사가 건우를 보자 정중히 인사했다.

리무진은 딱 봐도 대단히 비싸 보였다.

건우의 생각대로 그냥 보통 리무진이 아니었다. 대통령이나 탈 법한 그런 최고급 사양의 차량이었다. 할리우드 영화에서나 나올 비주얼이었다. 물론, 건우는 할리우드에서 초대작 영화를 찍은 배우였고 지금도 LA에 있기는 했다. 아무리 시상식이라고는 하지만 한국에서는 절대 타고 다닐 수 없는 비주얼의 차량이었다.

"이건 너무 과한데요."

"의미 있는 시상식이니까요. 이 정도는 당연한 겁니다. 최고의 음악 축제를 즐겨봅시다."

제드먼은 이미 시상식 때 선보일 슈퍼카를 뽑았다는 소문이 있었다. 제드먼 측에서 언론 플레이를 통해 건우와 제드먼을 자꾸 라이벌 구도로 밀어붙이고 있었는데, 건우의 에이전시에서는 그게 대단히 우습게 보였다. 그러나 역시 마냥 무시할 수만은 없었다. 자신의 고객이 중2병 걸린 애송이에게 무시당하는 건 죽는 한이 있어도 막아야 했다.

'어떤 느낌일까?'

많이 부담스러웠지만 타보고 싶기는 했다. 건우가 차량에 접근하자 운전기사가 정중하게 문을 열어주었다.

"반갑습니다. 이건우 씨. 모시게 되어 영광입니다."

"감사합니다."

"목적지까지 편안하게 모시겠습니다."

건우는 매니저와 함께 차에 탑승했다.

"오! 왔냐! 이열! 건우를 보니 시상식 가수들이 아주 기가 죽겠는 걸? 살살 준비하지 그랬어? 흐흐."

"역시 후배님이십니다."

"좋네! 좋아. 아주……."

차 안에는 석준과 리온, 진희가 자리하고 있었다. 모두 시상식 복장이었다. 오늘 잠깐 못 본 것이었지만 건우는 그들을 보니 또 많이 반가웠다. 모두 시상식 복장이었는데, 진희의 드레스 차림이 눈에 띄었다.

한국에서보다 더 과감한 드레스였다.

"어때? 조, 조금 과한가? 그 마이클이라는 분이 준비해 줬는데……."

"좋은데?"

"그래? 진짜?"

"응."

건우가 그렇게 말하니 진희는 환하게 웃었다.

차 안은 대단히 넓었다. 긴 테이블이 있었고 다양한 간식들이 놓여 있었다. 한쪽에는 양주를 비롯한 여러 가지 술들이 잘 정리되어 놓여 있었다.

'좋네.'

미국에서는 차가 아예 없었고 한국에서는 석준이 빌려준 국산 중형차를 타고 다니던 건우였다. 그의 수입을 생각하면 이 정도는 익숙해질 법도 하지만 여전히 낯설었다. 돈을 바닥에 뿌리고 다니는 차로 보였다.

석준이 양주 한 병을 손에 들었다.

"이야, 이 귀한 술이 여기에……! 건우야! 여기 천국이다!"

양주병을 손에 들고 건우를 보며 방긋방긋 웃는 석준이었다. 진희도 안 그런 척했지만 술병으로 눈이 자꾸 갔다. 리온은 인증샷을 찍기 바빴다.

리온

건우 후배님과 함께 그래미 어워드로!

[사진 첨부.jpg]

#갓건우_만세#초고급_리무진#황송황송

　미국에 와서도 SNS를 아주 열심히 하는 리온이었다. 리온이 올리자마자 바로 댓글이 엄청나게 달렸고 기사까지 났다. 리온의 셀카에 살짝 건우의 손이 찍혔는데, 그걸 보고 신기하게 건우라고 알아차린 팬들도 많았다. 리온보다 건우의 손이 더 주목을 받고 있었다.

　건우는 즐거워하는 석준과 진희, 그리고 리온을 보니 절로 미소가 떠올랐다.

　석준이 모두를 바라보며 입을 떼었다.

　"우리 한잔할까? 아! 건우는 무대에 서야 하니 안 되지."

　"와인 정도는 괜찮아요."

　건우가 그렇게 말하자 진희가 재빨리 와인 잔을 들었다. 리온이 와인을 개봉해서 전부 따라주었다. 건우는 와인을 마실 줄 몰랐다. 리온은 꽤 베테랑 같았는데, 폼은 나지 않았다.

　다 같이 사진을 찍고 잔을 부딪쳤다. 리온이 와인을 음미하려는 순간이었다.

　벌컥벌컥!

　"크!"

"음!"

"캬!"

석준과 건우 그리고 진희는 단번에 들이켰다. 리온이 어이없다는 듯 셋을 바라보았다.

"아니, 누가 와인을 그렇게 마셔요?"

"내가! 그리고 우리 월드스타 건우가!"

석준이 리온의 말에 그렇게 외치자 리온은 깜짝 놀라면서 한숨을 내쉬고 와인을 들이켰다. 그러자 석준이 호탕하게 웃으면서 리온의 등을 탕탕 쳤다.

"난 소주가 더 나은 것 같아."

값비싼 와인을 마신 진희의 평가였다.

차량이 부드럽게 그래미 어워드가 열리는 장소로 이동했다. 그래미 어워드는 LA 중심가에 위치한 스테이플스 센터에서 열렸다. 스테이플스 센터는 세계적인 아티스트들이 공연을 한, 모든 가수들이 꿈꾸는 무대였다. 그곳에 서보는 것이 꿈인 가수들도 상당히 많았다.

스테이플스 센터로 진입하자 엄청나게 많이 몰려 있는 사람들과 기자들을 볼 수 있었다.

시상식의 규모는 대단히 컸다. 건우는 여러 시상식에 참여한 적이 있었지만 이번만큼은 더욱 특별하게 다가왔다. 가장 권위 있는 음악 시상식다운 모습이었다.

오전에 리허설을 했을 때는 아무런 감흥이 없었는데, 이렇게 레드 카펫을 눈앞에 두니 그래미라는 무대가 실감 나기 시작했다.

'그래미라는 것이 뭔지도 몰랐었는데, 내가 이곳에 설 줄이야.'

부끄러운 말이지만 건우는 데뷔하기 전까지 그래미 어워드에 대해서 잘 몰랐었다. 그러나 지금은 잘 알고 있었다. 그래미상은 전 세계 모든 뮤지션들이 꿈꾸는 상이라는 것을 말이다.

석준이 긴장이 되었는지 숨을 크게 몰아쉬었다. 점점 숨소리가 거칠어졌다.

"후우. 후아! 후읍!"

"긴장되세요?"

"그럼. 내가 그래미 어워드 레드 카펫을 밟을 줄은 꿈에도 몰랐어. 와, 심장이 터질 것 같다."

석준은 무척이나 긴장을 하고 있기는 했지만 그보다 기쁨이 더 큰 모양이었다.

리온도 마찬가지였다. 둘은 모두 음악을 하는 뮤지션이었기에 그래미 어워드가 가지는 의미는 대단히 컸다. 진희는 이쪽에 대해서는 잘 몰라 그냥 아주 큰 시상식이구나 하고 생각하고 있었다. 진희가 제일 마음이 편해 보였다.

"이건우 차량!"

"카메라 돌려! 빨리 찍어!"

차량이 레드 카펫 앞에 다가가자 요란한 소리와 함께 수많은 카메라가 집중되었다. 건우가 탄 차량이라는 것이 이미 알려져 있었는지 취재 열기는 무척이나 뜨거웠다. 건우가 놀랄 정도였다.

방송사에서 나온 이들은 건우의 인터뷰를 꼭 따겠다는 의지로 불타오르고 있었다.

"와, 모두 여기를 보고 있네."

진희가 창밖을 보며 감탄했다. 건우에 대한 관심이 뜨겁다 못해 타오르고 있었다. 진희는 그 모습에 굉장히 뿌듯해졌다. 이제는 닿을 수 없을 정도로 높은 곳에 있는 건우를 바라보면 마음이 씁쓸해졌지만 지금은 뿌듯함이 더 컸다.

차량이 부드럽게 멈춰 섰다.

건우를 제외한 모두의 표정이 살짝 굳었다.

그래미라는 큰 무대가 주는 압박감, 그리고 밖의 관심이 너무 뜨거워서 그런지 누구 하나 선뜻 먼저 움직이지 못했다. 건우는 그 모습에 피식 웃었다.

"가자."

건우가 그렇게 말하며 문을 열었다. 엄청난 플래시 세례가 터져 나왔다. 건우가 먼저 내려서 진희가 내리는 것을 도와주었다. 진희는 조금 수줍은 표정으로 건우의 손을 잡았다. 석준과 리온이 플래시 세례에 멍한 표정이 되었다. 건우는 그 모습이 웃겨서 소리 내어 웃었다.

"왜 쫄고 그래요?"

"사, 사실 이런 규모의 시상식은 처음이야."

"후배님! 그래미잖아요! 그래미!"

건우의 말에 석준과 리온이 그렇게 말했다. 반면에 진희는 여유가 생겼다. 석준은 머쓱하게 웃더니 본래의 호탕한 모습으로 점점 돌아왔다. 마치 곰처럼 웃으면서 쏟아지는 관심을 즐기기 시작했다. 역시 석준은 무대 체질이었다.

건우는 레드 카펫을 밟으며 걸었다. 그래미를 상징하는 축음기 그림이 그려진 벽이 세워져 있었고 사람들이 상당히 많았다. 한국의 시상식과는 분위기가 달랐다.

'뭔가 좀 더 자유로운 느낌인데.'

딱딱하게 경직된 분위기가 아니라 조금 더 소란스럽고 자유로운 분위기였다.

자신의 아이와 함께 레드 카펫을 밟고 있는 가수가 보였다. 귀여운 정장에 커다란 붉은 리본을 달고 있는 모습은 대단히 귀여웠다. 가수의 아들로 보였다.

건우도 알고 있는 가수였다. 백인 래퍼로서 상당한 입지를 다지고 있는 인물이었다. 아들 사랑이 유별났는데 다정한 부자의 모습은 보기 좋았다.

시상식 자체를 즐기는 분위기가 마음에 들었다.

미국의 주요 방송사들의 카메라가 건우와 일행들을 잡았다. 압박감을 느낄 만도 했지만 건우는 여유로웠다. 건우는 관심을 즐기며 포토 라인에 섰다.

건우는 지금 전투 모드였다. 조금은 공격적인 태세였다.

공식적인 자리에서 결코 얕보일 수는 없었다. 일행도 함께 있었기에 더더욱 그러했다.

기운이 뿜어져 나오며 건우의 주변을 감쌌다. 건우를 직접 보고 있는 모든 이들이 말을 형용할 수 없는 기분에 휩싸였다.

숨이 턱 막히면서 가슴이 꽉 막히는 느낌.

건우가 내뿜는 분위기에 지배당하는 감각이었다.

"아……."

건우의 모습은 가히 압도적이었다. 이곳에 모인 사람들은 다른 것이 전혀 눈에 들어오지 않았다. 오로지 건우에게 시선이 꽂혀 있었다.

건우에게 홀렸다고 말하는 편이 정확할 것이다.

마이크를 든 여인이 건우에게 다가왔다. 마이크에 표시된 마크를 보니 미국의 주요 방송사에서 나온 인물인 것 같았다. 그녀의 인터뷰 요청에 건우는 흔쾌히 수락했다.

인터뷰 따기가 엄청나게 힘든 건우가 수락하자 여인은 크게 놀라며 살짝 비명을 질렀다. 건우의 앞에 선 여인은 가슴에 손을 얹고 한차례 심호흡을 했다.

"조, 좋은 밤입니다! 건우 씨."

"네, 기분 좋은 밤이네요."

여인은 말을 살짝 더듬었다. 건우는 웃으면서 그녀를 바라보았다. 그녀의 얼굴에서 긴장을 느낄 수 있었다.

"제가 어떻게 부르면 될까요?"

"네? 아! 수잔이라고 불러주세요."

"네, 수잔 씨. 반갑습니다."

건우의 목소리가 자연스럽게 수잔의 긴장을 풀어주었다. 수잔은 여유와 미소를 되찾았다.

"저희는 에이미 쇼에서 나왔어요. 에이미 쇼에 대해서 아시나요?"

"아! 네. 미국에서 가장 유명한 토크 쇼 중 하나라고 알고 있습니다."

"건우 씨가 거절한 토크 쇼이기도 하지요. 에이미 씨가 보고 계신데 한 말씀 해주실 수 있나요? 그녀는 당신의 대단한 팬이랍니다. 지금도 목이 빠지게 기다리고 계실 텐데요."

곤란하게 느껴질 수도 있는 질문이지만 악의가 있지는 않았다. 인터뷰 전에 분위기를 전환하고 자신의 쪽으로 리드하기 위한 멘트로 보였다.

건우는 가장 신비한 남자 1위에 꼽힐 정도로 외부 노출이 거의 없었다. 스케줄을 제외하고는 마치 실종이라도 된 것처럼 도저히 보이지 않았기 때문이다. 건우가 파파라치도 보이는 족족 잘라내 버리고 있으니 사진으로서도 잘 접할 수 없었다.

수잔이 이번 인터뷰를 큰 기회라고 생각하는 것이 눈에 보였다. 주변에 있던 다른 방송사들도 이쪽을 주시하고 있었는데, 가장 먼저 말을 걸지 못한 것을 너무나 아쉬워하고 있었다.

시간상의 이유로 건우는 이 인터뷰 외에 딴 인터뷰에 응할 생각이 없었다.

'에이미 쇼, 엔젤 보이스 때문에 거절했었지.'

생방송인 것 같았다.

TV를 잘 보지 않는 건우도 에이미 쇼에 대해 알고는 있었다. 이미 에란을 포함한 '골든 시크릿'의 배우들은 에이미 쇼에 출연했기 때문이다. 건우만 유일하게 빠졌다.

에이미 쇼는 미국의 양대 토크 쇼 중 하나였다. 몇 번 보기는 했지만 건우의 취향은 아니었다. 미국 예능은 한국 예능과 분위기나 스타일이 너무 달라서 출연하는 것이 썩 내키지 않았다. 그나마 마음에 들었던 것이 엔젤 보이스였다. 지금은 건우 덕분에 대박 프로그램으로 재탄생해서, 거물급 가수들이 출연을 예약했다고 한다.

건우는 수잔이 가리킨 카메라를 바라보았다.

"저도 개인적으로 팬입니다. 재미있게 잘 보고 있습니다. 저번에 스케줄이 겹쳐서 못 나가 무척이나 아쉽네요. 앞으로도 좋은 진행 부탁드립니다."

건우가 미소를 담아 그렇게 말했다.

누가 들어도 형식적인 멘트였지만 건우가 말하니 진심으로 느껴졌다. 기운을 내뿜고 있다 보니 수잔도 건우의 미소에 휩쓸려 버렸다. 그녀는 인터뷰 중이라는 것도 잊은 채 건우를 하염없이 바라보고 있었다.

건우는 카메라에서 시선을 돌려 수잔을 바라보았다. 수잔은 아무런 반응이 없었다.

"수잔 씨."

"아, 죄, 죄송합니다. 으, 으흠!"

수잔에게 분위기를 리드하겠다는 그런 생각은 이미 날아가고 없었다. 인터뷰를 하면서 꽤 많은 실수를 저지른 그녀는 정신이 없었다. 분위기는 이미 건우 쪽으로 넘어와 있었다.

"괜찮으세요?"

"아… 네, 네! 주요 부문에 후보로 오르셨는데, 소감이 어떠신가요?"

"기쁘고 감사합니다."

"제드먼 씨가 강력한 라이벌로 이건우 씨를 꼽고 계신데 어떻게 생각하시나요?"

건우도 제드먼이 한 발언들을 들어 알고 있었다. 팬사이트에서 제드먼의 망언 모음집을 봤는데, 살짝 어이가 없기는 했다. 그는 자선 공연 이후로 꾸준하게 건우를 언급해 왔다. 특히 영화가 초대박을 치고 나서 더욱 심해졌는데 덕분에 언론에서는 이번 그래미상에서 건우와 제드먼의 대결을 부각시키고 있었다.

그러나 건우는 제드먼을 라이벌이라고 생각하지는 않았다. 음악을 하면서 단 한 번도 신경을 쓴 적이 없었기 때문이다. 뭔가 영향을 받거나 신경에 거슬리기라도 했다면 그러려니 하겠는데, 제드먼은 전혀 아니었다.

제드먼은 앞선 인터뷰에서 이건우는 자신의 상대가 아니라고 말했다고 한다. 명백하게 건우를 도발하고 있었다.

"서로 좋은 경쟁이 되었으면 좋겠네요."

"단도직입적으로 묻겠습니다. 제드먼 씨를 라이벌로 생각하시나요?"

"아닙니다."

건우가 그렇게 딱 잘라 말하자 수잔은 놀란 표정이 되었다. 주변의 기자들도 건우의 말을 주의 깊게 듣고 있었다. 건우는 바로 말을 이었다.

"음악을 하는 모든 뮤지션이 동반자이자 라이벌이라고 생각합니다. 인기의 고하는 상관없어요. 서로 영감을 주고받으며 그렇게 발전해 나가는 것이 음악이니까요. 오늘은 모두와 축제를 즐기고 싶네요."

"그렇군요. 좋은 말씀 감사합니다."

수잔은 왜인지 눈가가 촉촉해졌다.

별로 감동받을 멘트는 아니지만 건우에게 너무 몰입한 것 같았다. 건우는 레드 카펫을 밟는다고 너무 기합을 준 것 같아 힘을 조금 뺐다. 좀 더 편안한 분위기 속에서 건우는 분위기를 주도하며 이야기를 나눴다.

건우는 인터뷰를 하다가 힐끔하고 뒤를 바라보았다. 일행들이 플래시 세례를 즐기고 있었다. 다른 가수들과 이야기를 나누기도 했는데, 석준이 건우의 프로듀서인 것이 알려지자 순식간에 여러 사람들에게 둘러싸였다.

인기가 폭발하고 있었다. 그럴 만도 했다. 전 세계 여러 차트를 점령하고 신기록을 달성해 버린 노래의 프로듀서였기 때문이다. 게다가 석준은 YS의 대표이기도 했다.

"건우야! 이거 봐라! 명함 엄청 받았다! 이게 YS의 힘이지! 하하!"

그런 것치고는 품위가 없기는 했지만 말이다. 석준은 건우에게 명함을 자랑하더니 잠시 후 유명한 래퍼와 반갑게 주먹 인사를 했다. 다른 건 몰라도 일단 친화력 하나만큼은 대단했다.

같이 온 리온과 진희도 다른 가수들과 사진을 찍고 있었다. 진희의 아름다움은 그래미 어워드에 참여한 다른 가수들에 비해 전혀 밀리지 않았다. 서양의 매력과는 다른 아름다움이 분명히 존재하는 느낌이었다. 기자들도 큰 관심을 가지고 그녀의 모습을 사진으로 담았다.

"좋은 결과 있으시길 바랍니다. 저도 응원할게요."

"네, 감사합니다."

좋은 분위기 속에서 인터뷰는 그렇게 끝났다.

건우에게서 수많은 카메라와 사람들의 시선이 떠나가지 않았다. 건우는 레드 카펫에 오래 머물고 싶지 않아 일행들과 안으로 들어가기 위해 걸음을 서둘렀다.

입구 쪽에 누군가 경호원들을 대동하고 서 있는 것이 보였다. 괜히 어슬렁거리며 들어가지 않고 여유롭게 시선을 즐기다가 건우가 나타나자 노골적으로 그를 노려보았다.

그 시선에서는 적의가 느껴졌다. 건우는 정말 오랜만에 받아보는 적의가 섞인 시선에 신선함을 느꼈다.

'제드먼?'

건우의 기세도 살짝 살벌해졌다.

제드먼은 건우와 눈이 마주치자 움찔했다. 그러나 자존심을 지키려 애써 태연한 척했다. 건우를 노려보며 아무 말도 하지 않았다.

제드먼의 손이 떨리고 있는 것이 보였다. 아무렇지도 않은 척하며 살벌하게 노려봤지만 건우는 그가 긴장하고 있음을 알아차렸다.

'왜 저러는지 궁금하네.'

어째서 줄기차게 자신을 걸고넘어지는지 궁금해졌다. 그와 마주친 것은 딱 한 번이었다. 객관적으로 상황을 보더라도 그가 자신을 적대할 이유가 없었다. 오히려 자신이 그에게 기분 나빠할 일이 있었다.

'설마 전화번호를 안 알려줬다고 그러는 건 아닐 테고.'

건우는 제드먼 정도의 위치에 있는 사람이 그럴 리 없다고 생각했다. 매니저를 통해 연락하면 되는 일이었다.

건우는 궁금한 생각에 내력을 집중해서 그를 살펴보았다. 제드먼이 품고 있는 감정이 보였다. 질투, 미움, 열등감으로 뭉친 기운들이 탁한 아지랑이가 되어 일렁였다.

특히 질투와 열등감이 강렬했다. 보는 건우가 살짝 인상을 찌푸릴 정도였다. 자신에 대한 자긍심으로 똘똘 뭉쳐 있는 이가 처음으로 열등감을 느끼게 되니 걷잡을 수 없게 번져 버린 것 같았다.

'모르는 편이 더 나았을 것 같군.'

건우가 생각하기에 그는 천재였다. 건우보다 음악적 커리어도 훨씬 많았고, 재산은 비교할 수도 없었다. 지금에 이르러서 인기와 몸값은 건우가 높다고는 하지만, 객관적으로 생각해 보면 제드먼은 건우에게 외모 이외에 꿇릴 것이 전혀 없었다. 그는 이미 성공한 자였고, 건우는 이제 날아오르고 있는 위치였다.

제드먼이 마음을 애써 추스리고 건우의 앞에 걸어왔다. 의도치 않게 제드먼과의 투 샷이 잡혔다. 기자들이 재빨리 그 모습을 사진 속에 담았다.

제드먼은 먼저 입을 떼지 않았다. 마치 시합을 앞둔 격투기 선수 같았다. 건우와 기 싸움을 하는 것은 세상에서 제일 어리석은 일 중 하나일 것이다. 건우는 제드먼이 원하면 진짜기 싸움을 보여줄 수도 있었다.

'귀찮네.'

건우는 그저 제드먼이 귀찮을 뿐이었다. 자신을 미워하는 건 자유지만 이렇게 직접 걸고넘어지는 것이 상당히 짜증 났다. 건우는 짜증을 참았다. 자신이 화를 낸다면 어떤 사태가 벌어지는지 알고 있었기 때문이다.

아마 제드먼은 이 자리에서 최소한 졸도하거나 오줌을 지릴 것이다. 언제까지 어색하게 눈을 계속 맞추고 있을 수는 없었다. 적당히 상대해 주고 자리를 피하는 것이 좋을 것 같았다.

건우는 먼저 말을 걸기 위해 입을 떼었다.

"오랜만이네요. 자선 공연 이후로 처음이죠?"

건우가 먼저 악수를 청했는데 제드먼은 건우의 손을 내려 다볼 뿐이었다. 무척이나 거만한 표정이었다. 건우는 손을 내렸다. 딱히 기분 나쁘지는 않았다. 그냥 저런 제드먼이 불쌍할 뿐이었다.

"누구야? 매너가 더럽게 없네."

진희가 옆으로 다가와 말했다. 그녀는 상당히 기분이 나쁜지 눈썹이 찡그려져 있었다. 항상 밝은 그녀에게서는 좀처럼 찾아볼 수 없는 모습이었다.

제드먼을 바라보는 그녀의 눈빛에는 경멸이 가득 담겨 있었다. 제드먼은 낯선 언어에 고개를 돌려서 진희를 바라보았다.

"어어……."

제드먼의 입이 벌어지며 동공이 확장되었다. 거만했던 표정은 온데간데없었고 오로지 멍한 표정만이 남게 되었다. 침까지 흘릴 기세였다.

건우는 볼 수 있었다. 제드먼의 몸을 두르고 있던 탁한 아지랑이들이 자취를 감추더니 핑크빛의 오로라가 뿜어져 나오는 것을 말이다. 열등감은 자취를 감추었고 오로지 핑크빛의 야릇한 오로라만이 그를 감싸고 있었다. 그 아지랑이는 건우가 손을 뻗어 잡고 싶을 만큼 푹신푹신해 보였다. 마치 달콤해 보이는 솜사탕 같았다.

'저건……'

딱 봐도 무슨 감정인지 알 것 같았다.

아예 넋을 잃으면서 진희를 바라보고 있으니 모른 척할 수도 없었다. 진희는 제드먼이 갑자기 뚫어져라 자신을 바라보자 기분 나빠할 뿐이었다.

진희가 제드먼에게 호감을 가질 수 있는 구석은 전혀 존재하지 않았다. 일단 건우에게 아주 매너 없게 군 것이 결정타로 작용했다. 그것이 아니더라도 제드먼의 옷차림도 기괴했다. 해골 마크가 잔뜩 그려진 구멍 뚫린 재킷에 마치 치마를 입은 것 같은 펑퍼짐한 바지, 거기에 하이힐처럼 굽이 긴 구두를 신고 있었다. 제드먼의 그런 기괴한 패션은 상당히 유명했지만 지금은 건우를 의식했는지 한 단계 더 심해져 있었다.

미국에서는 어떨지 몰랐지만 한국에서는 도저히 먹히지가 않는 패션이었다. 건우와 진희는 제드먼을 지나쳐 안으로 들어가려 했다.

"저, 저기, 자, 잠시만!"

제드먼의 목소리에 건우가 뒤를 돌아봤다. 제드먼이 침을 꼴깍 삼키더니 진희의 앞으로 다가왔다. 제드먼의 표정은 어딘가 간절해 보였다. 건우를 노려봤을 때와는 딴판인 표정이었다.

마른침을 삼키는 소리가 들려왔다. 진희와 눈이 마주치자 엄청 긴장이 되는지 얼굴이 창백해졌다.

'익숙한 광경인데.'

익숙했다. 제드먼의 저런 모습이 낯설지 않았다. 나름 심호흡을 하더니 자신감 넘치는 표정을 지으려 애썼다. 너는 나를 거부할 수 없을 거라는 마성의 눈빛으로 진희를 바라보았다. 건우가 보기에는 상당히 느끼해 보였다.

"자, 작업 가, 같이하실래요? 여, 연락처 좀……."

그렇지만 제드먼은 간신히 그렇게 말할 수 있을 뿐이었다. 진희가 대충은 알아들은 것 같았다. 진희는 빙긋 웃으면서 그를 바라보았다.

"소속사를 통해서 상의해 주세요."

한국어로 그렇게 말하고는 차갑게 돌아섰다. 제드먼은 한국어를 전혀 몰랐기에 무슨 말인지 못 알아듣고는 건우를 바라보았다. 제발 통역해 달라는 간절한 눈빛이었다.

"나중에 에이전시를 통해서 상의해 달랍니다."

건우가 영어로 통역해 주었다. 건우의 말을 들으니 제드먼의 얼굴이 멍해졌다. 그 자리에 그대로 굳어버렸다.

건우는 그 모습에 불쾌해졌던 기분이 전부 사라졌다. 살짝 통쾌함마저 들었다. 건우는 자신도 역시 사람이다 보니 자신도 모르게 기분이 상했구나 하고 생각했다.

"웅? 그 유명한 제드먼 아니냐? 근데 왜 저런대?"

석준이 다가오면서 제드먼을 힐끔 보더니 그렇게 물었다. 한 발 떨어져서 사태를 지켜보던 리온은 제드먼을 불쌍한 눈으로 바라보고 있었다. 상황이 어떻게 돌아가는지 전부 이해한 듯했다.

석준이 리온을 바라보자 리온이 고개를 설레 저었다.

"사랑은 분명 아름다운 것이지만… 때로는 잔인하군요."

"갑자기 뭔 개소리야."

"저기 저 제드먼이 진희 선배에게 홀딱 빠진 것 같은데요?"

"웅? 진희한테? 왜? 어째서?"

석준은 진희의 뒷모습을 바라보며 굳어버린 제드먼을 보더니 고개를 심각한 표정으로 고개를 끄덕였다.

"아, 음, 뭐… 나중에 실체를 알게 되면 후회하겠지."

"확실히 그럴 겁니다."

"세상에는 참 별일이 많구나."

"그러게요. 흐흐, 우리 예쁜 미나도 아니고……."

리온이 그 말을 하니 석준이 울컥했다.

"아오, 너 이 자식, 진짜 헤어지기만 해봐라."

"왜 헤어집니까? 내년에 결혼할 건데."

"너 진짜 건우만 아니었으면 고소했어."

"뭔 고소요? 사랑을요? 흐흐, 후배님에게 축가 불러달라고 하면 불러줄까요?"

둘은 잠시 티격태격거렸다.

리온과 미나는 잘 사귀고 있었다. 사진이 찍혀 어쩔 수 없이 열애 사실이 공개가 되었을 때는 욕을 많이 먹었지만 너무 예쁘게 사귀다 보니 지금은 모두 축하해 주는 분위기였다.

아무튼, 이제 석준에게 진희는 친동생 같은 느낌이었고 리온에게는 친누나 같은 느낌이었다. 대한민국의 미녀로 손꼽혔지만 둘에게는 너무 익숙해 얼굴이 전혀 들어오지 않았다. 연예계에 오래 있다 보니 눈이 높아진 이유도 있었다.

석준은 한숨을 내쉬고는 제드먼을 바라보았다. 제드먼이 석준의 시선을 받고는 눈을 깜빡였다. 석준이 해줄 수 있는 것은 위로밖에 없었다. 석준은 제드먼의 용기에 엄지를 치켜들어 주었다.

"굿 럭."

석준은 그렇게 말한 뒤 리온과 함께 건우의 뒤를 따라갔다. 리온은 제드먼을 보며 다시 한번 고개를 저어주었다. 제드먼의 사랑이 그렇게 끝을 맺는 듯했다.

건우는 모두와 함께 대기실로 이동했다. 오전에 미리 안내를 받아서 대기실이 어디인지 알고 있었다. 건우에게는 개인 대기실이 마련되었는데, 상당히 좋았다. 여러모로 신경을 써

준 티가 났다.

잠시 후, 그래미 어워드가 시작되기까지 이곳에 있으면 되었다. 진희는 대기실을 둘러보더니 눈이 동그랗게 떠졌다.

"와, 좋네. 개인 대기실이 왜 이렇게 넓어? 무슨 호텔 방인 줄 알았네."

"후배님이니까 그렇겠지요. 오프닝도 맡으시잖아요. 그래서 지금 한국에서 난리가 났죠. 크흐! 한국인 최초 그래미 수상자가 나올 것인가!"

리온이 두 팔을 벌리며 연설하듯 말했다. 건우는 신경 쓰고 있지 않지만 한국에서는 당연히 난리였다. 안 그래도 '골든 시크릿' 때문에 난리인데, 음악 최고상이라고 일컬어지는 그래미상의 주요 부문에 후보로 올라갔으니 난리가 안 나는 것이 이상한 일이었다.

음악 평론가들은 이건우가 그래미상을 탄다면 대한민국 음악사에 길이 남을 업적이라고 말하기도 하였다. 그래미상은 건우가 생각하고 있는 것보다 훨씬 더 무게를 지닌 상이었다. YS의 주가가 오르는 것은 당연했다.

석준에게도 굉장히 각별한 상이었다. 석준이 밴드를 하던 시절부터 지금까지 꿈꿔왔던 상이었기 때문이다.

석준과 리온, 그리고 진희는 인증샷을 남기느라 바빴다. 건우를 간절하게 바라보는 눈빛에 건우도 어울려 줄 수밖에 없었다.

그렇게 잠시 쉬고 있는데, 노크 소리가 들렸다. 문을 여니 익숙한 얼굴들이 들어왔다.

"안녕."

"와! 오늘도 정말 멋지네요."

"안녕하세요? 오랜만입니다! 하하!"

에란과 제시카, 그리고 스테판이었다. 건우가 초청을 하기도 했지만, 모두 현재 LA에 머물고 있지는 않아서 올지 안 올지 불투명했었다. 그런데, 건우를 응원하기 위해서 일부러 스케줄을 비우고 비행기를 타고 온 것이었다. 크리스틴 잭슨 감독은 '골든 시크릿' 2부 제작과 관련해 뉴질랜드에 스케줄이 있어서 아쉽게도 오지 못했다.

제시카가 먼저 건우에게 다가와 진한 포옹을 나눴다.

모두 시상식 복장으로 아주 잘 차려입고 왔는데, 처음 보는 모습이었다. 제시카의 경우에는 노출이 살짝 많았다. 그러나 대단히 잘 어울려 부담스럽게 느껴지지는 않았다. 역시 모델 출신의 배우다운 모습이었다.

건우의 분식집에서 같이 만나 즐겁게 시간을 보낸 적이 있었기에 모두 반갑게 환영했다. 덕분에 이번 시상식이 외롭지 않을 것 같았다. 건우는 상을 탄다면 좋겠지만 그렇지 않더라도, 눈에 보이는 이 광경만으로도 큰 의미가 있다고 생각했다.

"모두 바쁘신데 먼 길을 와줘서 고마워요."

"당연히 와야지."

"그래요. 그냥 넘어갔으면 제가 서운했을 거예요."

건우의 말에 에란과 제시카가 그렇게 대답했다.

스테판은 어느새 리온과 이야기를 나누고 있었다. 신기하게도 스테판이 일방적으로 말하고 있지 않았다. 리온도 만만치 않게 받아치고 있었는데, 스테판은 영어로 리온은 한국어로 말하고 있는데도 신기하게 이야기가 통하고 있었다.

"아, 그러니까 제가 후배님을 처음 봤을 때 어마어마했다니까요? 어메이징 뷰티풀! 어썸! 굿! 언더스탠드?"

"아, 음! 그렇군요. 알 것 같습니다. 진짜 판타스틱하죠. 제 이야기를 말해 드릴까요? 그러니까……."

"저도 무대 위에서는 한 성격하거든요. 캬아, 그게 언제였더라? 아마 4년 전이었을걸요?"

"그때 저도 느꼈죠. 아! 나는 작은 세상에 갇혀 있었구나! 이런 바보 같은 스테판! 하면서 자책을 했어요."

지금 보니 서로 자신의 할 말만 하는 것 같았다. 근데 그게 또 이야기가 이상하게 통하는 느낌이 들기도 하고 대단히 이상했다.

스테판과 리온은 상성이 왠지 잘 맞는 느낌이 들었다. 아무튼 둘이 친해 보이니 묘하게 안심이 되는 건우였다.

'이제 슬슬 무대로 가볼까?'

오프닝 무대에 오를 시간이 다가왔다. 건우는 풀어졌던 마음을 다잡으며 내력을 끌어 올렸다. 자신이 누구인지, 어떤 가수인지 사람들에게 아주 명확하게 보여줄 차례였다.

건우는 오프닝 무대를 준비하기 위해 시상식이 열리는 무대 뒤로 이동했다. 인이어를 착용하고 마이크를 들었다. 스태프들과도 반갑게 인사를 나눴다. 잠시 대기하다가 들어가라는 사인이 떨어지자 조명이 꺼진 무대 위에 섰다.

대단히 큰 무대였다. 경험이 없는 가수라면 관객들의 시선에 압도당해 굳어버릴지도 몰랐다. 건우는 큰 무대 경험이 있었다. 중국의 무대, 시청 앞에서의 무대, 그리고 자선 공연. 그래서 무대 규모는 크게 와닿지 않을 것 같았지만, 또 다른 느낌이었다.

따끔한 시선들이 느껴졌다. 그 따끔함은 기분이 좋은 감각이었다. 그 안에 관심이 가득 담겨 있었기 때문이다.

'아주 꽉 찼네.'

시상식에 참석하기 위에 가수들, 지인들, 그리고 관객들까지 꽉 차 있었다.

수많은 카메라가 보였다. 무대가 시작되면 생방송으로 전 세계에 자신의 모습이 송출될 것이다. 그걸 생각하니 살짝 흥분되는 것은 어쩔 수 없었다.

어서 빨리 노래를 부르고 싶었다.

미국에서 가장 유명한 가수들이 눈앞에 있지만 건우는 주 눅 들지 않았다. 오히려 여기에 있는 모든 사람들에게 자신의 노래가 가지는 힘을 보여주고 싶었다.

건우는 내력을 더욱 끌어 올렸다. 전에 비해 더욱 많아진 내력은 이곳에 있는 모두에게 영향을 주기에 충분할 것이다.

이윽고 조명이 켜지며 건우를 비추었다. 최고의 연주가들이 모여 있는 무대라서 그런지 사운드는 대단히 좋았다. 건우의 입가에 절로 미소가 지어질 정도였다. 건우는 고요한, 하지만 열정적인 눈빛이 쏟아져 내리는 이 뜨거운 정적이 너무나 마음에 들었다.

건우는 무대 위에 홀로 서 있는 것만으로도 모든 이들의 시선을 붙잡았다. 외모의 아름다움을 떠나서 사람들의 시선을 잡아끄는 흡입력이 존재했다.

전주가 흘러나왔다.

"후우……."

건우는 깊은 숨을 내쉬며 노래에 몰입하기 시작했다. 천천히 마이크를 들었다. 그리고 건우의 목소리가 울려 퍼지는 순간, 모두 건우에게 매료되어 버렸다.

건우의 라이브를 두고 퍼져 나간 일화들이 과장이 아닌, 아니, 오히려 축소된 이야기라는 것을 그곳에 있던 모두가 실감

할 수밖에 없었다.

*　　　　*　　　　*

특별한 날이 다가왔다. 바로 그래미 어워드가 열리는 날이다. 한국 사람들은 본래 그래미 어워드에 그다지 큰 관심을 갖지 않았다. 최고의 권위를 가지고 있는 음악상이라고 해도, 어차피 남의 나라 잔치일 뿐이었다. 게다가 비영어권 가수에게 유난히 불친절한 것이 바로 그래미 어워드였다. 해외 음악에 관심이 있는 사람을 제외하고는 언제 열리는지도 관심이 없었다.

한국에서의 분위기도 그저 누가 무슨 상을 탔고, 어떤 가수의 레드 카펫 의상이 화제가 되었다느니 그런 것만 기사에 오르내릴 뿐이었다. 그러나 올해는 달랐다. 바로 건우가 그래미 상 주요 부문 후보에 올랐기 때문이다.

조금 닭살 돋기는 하지만 그래미 시상식 전에 건우의 팬사이트를 중심으로 검색어 운동이 열렸다. '건우에게 주면 안 되겠니?'라는 제목의 글들이 잔뜩 올라왔고 SNS에서도 거의 도배가 되다시피 했다.

연예인들의 지원 사격도 이어졌다.

하연

건우 선배님 화이팅!

오늘부터 자지 않고 기도하겠습니다!

[모두와 함께 선배님 응원.JPG]

#건우에게_주면_안_되겠니?#그래미상_건우_선배님_꺼#
최고존엄_이건우

김동진

자랑스러운 내 동생 이건우!

미국은 못 가지만 나도 응원하러 간다!

[시청으로 가자.JPG]

#건우에게_주면_안_되겠니?#내_동생_건우

이 운동 구호는 순식간에 다이버 인기 검색어를 치고 올라
갔다. 실시간 검색어 1위를 자랑하는 위용을 보여주었다. 팬
사이트가 주최한 것치고는 엄청난 화력이었다.

전날 밤에 YS에서 계획한 콘서트도 인기였다. 시청 앞 광장
에서 열렸는데, 건우를 응원하자는 취지에서 한 무료 콘서트
였다. YS 소속 가수들이 대부분 참여해 화려한 무대를 선보
였다. 그러한 무대는 쉽게 볼 수 없는 것이었다.

그리고 드디어 그래미 어워드 시상식이 다가왔다. 그래미 어워드는 미국 현지 시간 5시부터 시작되었는데, 한국 시간으로 이른 아침이었다. 게다가 일요일에 열린 터라 월요일 아침이라는 최악의 시간대였다. 본래라면 극히 드문 시청자들만이 생방송을 봤을 테지만 역시 올해는 달랐다. 그래미 어워드 중계권을 유일하게 가지고 있는 뮤직넷 TV는 벌써부터 대박 냄새를 맡고 있었다.

"후우, 긴장 돼."

이제 2년차가 된 소희는 월차까지 내고 이른 아침부터 극장으로 향했다. 그녀가 건우의 열혈 팬이라는 것을 모르는 지인들은 없었다. 회사에서도 오히려 그녀에게 잘 갔다 오라고 격려해 줄 정도였다.

건우의 팬클럽에서 극장 상영관을 빌려 그래미 어워드를 실시간으로 볼 수 있는 곳을 마련했다. 그것도 한 곳만이 아닌 전국 여러 곳을 빌린 것이다.

건우의 팬클럽이 가지고 있는 힘은 대단했다. YS에서 관리하고 있어 재정적인 지원도 해주었고 팬들 스스로도 모금을 통해 영향력을 행사하고 있었다. 한국뿐만 아니라 해외 팬들의 송금도 이어지고 있으니 그 규모는 이제 작은 회사에 비견되었다.

상영관에 들어가니 많은 사람들이 보였다. 교복을 입고 있는 학생들도 보였는데, 팬클럽 스태프들이 상영관 입구에서 제지하고는 돌려보냈다.

"학생들은 안 됩니다! 빨리 등교하세요."

"아, 제발요. 조용히 있을게요!"

"학교에 전화할까요?"

"아……."

건우의 팬들은 물의를 끼칠 일은 아예 하지 말자는 주의였다. 어려 보이는 이들은 철저하게 검사를 하고 있었다. 그런 검사가 기분 나쁠 법도 하지만 모두 웃으면서 받고 있었다.

기본적으로 건우의 팬들은 서로 존칭을 쓰고 욕을 잘 하지 않는 편이었다. 팬이 그 스타의 얼굴이라는 마음가짐이었다. 무엇보다 타국의 팬들에게 모범을 보여야 한다는 의식이 강했다.

"아! 제드먼, 이 새끼가 미쳤나."

"처돌았네. 아오! 빡쳐! 감히……!"

물론 건우에게 적대적인 이들에게는 자비가 없었다.

특히 제드먼은 건우의 모든 팬들이 극도로 싫어하는 인물이었다. 사사건건 건우를 깎아내리는 발언을 쏟아내니 화딱지가 날 수밖에 없었다.

특히 이번에는 더더욱 그러했는데, 레드 카펫에서 건우를 무시하는 사진이 찍혀서였다. 가장 빠른 뉴스를 통해 공개된

실시간 영상과 사진은 팬들의 분노를 이끌어냈다.

"건우님 보살이네."

"건우님 무안해서 웃는 거 봐. 근데 그것도 잘생김"

"인정."

"제드먼 완전 오징어야."

소희는 무슨 일인가 싶어 그들에게 다가갔다. 처음 보는 이들이지만 살갑게 소희를 맞이해 주었다. 그들이 핸드폰으로 영상을 보여주니 소희의 얼굴도 구겨졌다.

"참 나. 이 미친 또라이 새끼가……!"

평소에는 온갖 시비는 다 걸어놓고, 건우가 그래도 웃으면서 악수를 청하니 완전히 무시하고 있었다. 팬들이 아니라도 어이가 없는 광경일 것이다.

소희는 부글부글 끓어오르는 속을 가라앉혔다.

"어라, 이놈 좀 봐요."

"음?"

팬들 중 하나가 태블릿으로 무언가를 보여주었다. 소희도 궁금해서 바라보았다.

제드먼

오늘 난… 천사를 만났다.

내 눈동자에는 오직 그녀만이 보인다.

나를 기다리는 상들, 그리고 그녀.

오늘은 최고의 날이 될 것이다.

나에게도, 그녀에게도.

[사진 첨부.jpg]

[사진 첨부.jpg]

#그래미_어워드#엔젤#최고의_날#당신을_위해_바친다

엄청나게 오글거리는 글이었다.

그러나 그것은 늘 있는 일이라 그다지 특별한 것은 아니었다. 건우의 팬들을 놀라게 한 것은 그가 오글거리는 글과 함께 올린 사진이었다.

바로 진희의 사진이었다.

진희는 최근에 소주 광고를 찍었는데, 술잔을 들고 웃고 있는 것이 캡처되어 제드먼의 SNS에 올라와 있었다. 진희에게 노골적으로 관심이 있다는 글과 함께 말이다. 거기다가 아련하게 누군가를 바라보는 자신의 사진도 찍어 올려 지켜보는 많은 이들의 고개를 갸웃했다.

"와… 종잡을 수 없는 놈이네."

"왜 저런데?"

"원래부터 이해할 수 없는 놈이었잖아."

팬들은 그렇게 결론 내렸다.

진희와 석준, 그리고 리온이 시상식에 간 것은 이미 보도가 되어 있었다. 응원차 간 거라고 알려져 있었는데, 그렇게까지 큰 화제는 되지 않았다. 그러나 지금은 달랐다. 제드먼은 SNS에 연이어 구애하는 듯한 글을 올려서 이목을 집중시키고 있었다.

그로 인해 이른 시간이었음에도 벌써 기사로 뜨고 있었다.

'별 미친놈이 다 있네.'

중2병 관종이 붙은 진희만 안쓰러울 뿐이었다.

소희는 그렇게 생각하며 제드먼을 속으로 씹었다. 상영관으로 들어가자 많은 팬들이 응원 도구를 들고 앉아 있었다. 흰색 빛으로 반짝이는 스틱이 인상적이었다. 마치 콘서트장을 방불케 하는 분위기에 소희는 흡족해하며 고개를 끄덕였다. 전국의 여러 상영관도 이와 같은 풍경일 것이다.

그래미 어워드 덕분에 학생들이 학교를 안 나오려고 하니, 오전에 그래미 어워드를 틀어주는 학교도 많다고 한다.

"오오!"

"시작한다!"

"꺄아악!"

그래미 시상식이 시작되었다. 건우의 모습이 나오는 순간 비명 소리가 상영관에 잔뜩 울려 퍼졌다. 민폐일 리가 없었다. 오히려 이렇게 소리를 질러줘야 했다. 그러기 위해 상영관으로 정한 것이었다.

"와……."

스크린에 비친 건우는 환상적이었다. 홀로 무대 위에 서 있었지만 무대가 꽉 찬 것처럼 느껴졌다. 그나마 소희는 매일 건우의 노래와 영상만 보다 보니 적응되었지만 그래미 어워드에 있는 이들은 아니었다.

화면이 관객석을 비췄는데, 모두 넋이 나간 표정이었다. 미국에서 날고 긴다는 가수들이 입을 벌리며 멍하니 건우를 보는 표정은 뭔가 자부심을 느끼게 해주었다.

모두가 LED 스틱을 흔들면서 노래를 따라 불렀다. 상영관에서 나오는 거대한 사운드는 소희의 가슴을 다시 뛰게 만들었다.

'진짜 현장에서 라이브를 들어봤으면 소원이 없겠네.'

입덕한 지 이제 1년이 되었기 때문에 건우의 라이브를 들어본 적이 없었다. 듣기로는 상식을 뛰어넘는 환상적인 경험이라고 한다. 지금은 스크린을 통해 보는 것이지만 그래도 그런 느낌을 어느 정도 받을 수 있었다.

들으면 들을수록 입가에 미소가 지어지고, 가슴이 따뜻해졌다. 그리고 왜인지는 모르지만 무거웠던 머리가 가벼워지고 상쾌한 기분이 되었다.

'음원보다 더 좋아.'

소희는 주변을 둘러보았다. 울고 있는 팬들도 있었고 환하게 웃으면서 기뻐하는 팬들도 많았다. 공통점이 있다면 모두가 건우의 노래를 통해 위로를 받고 있다는 점이었다. 왜인지 오늘 밤은 푹 잘 수 있을 것 같은 기분이 든 소희였다.

노래가 끝나자 시상식에 참가한 가수들도 박수를 치며 흥분에 빠졌다. 건우가 인사를 마치고 퇴장하자 사회자가 나오며 본격적인 시상식이 시작되었다.

실시간이다 보니 자막이 없어서 영어를 못하는 이들은 그냥 분위기로 파악해야 했다. 시상식 중간중간에 가수들이 무대를 꾸몄는데, 무대 밑에 앉아 있는 건우의 모습이 카메라에 자주 잡혔다.

"쟤네들 넋 나간 거 봐."

"옆자리에 있는 가수는 건우님만 보네."

"시상식에 집중 못 하게 만드는 위엄……."

실제로 건우 주위에 있는 가수들과 관계자들은 시상식에 집중을 못 하고 있었다. 그들이 건우를 힐끔힐끔 보는 게 카메라에 잡혔다. 건우는 그런 시선을 전혀 신경 쓰지 않고 석준과 함께 리듬을 타며 노래를 즐겼다. 가끔 리온과 진희도 비추고 제드먼도 나왔는데, 제드먼은 아예 노골적으로 진희를 응시하고 있었다. 거리가 좀 떨어져 있어 유난히 눈에 띄었다.

다른 상들이 수상되고 나서 신인가수상 차례가 왔다. 후보들이 나오기 시작하고 마지막에 건우의 모습이 비춰졌다.

"오오!"

"꺄아아악!"

뭐라고 영어 음성이 나왔지만 그게 중요한 것이 아니었다. 건우의 모습이 나왔다는 것이 가장 중요했다. 누군지는 몰라도 꽤 깐깐해 보이는 사내가 시상을 위해 무대 위로 걸어 나왔다. 소희가 보기에 누군지는 모르지만 인상이 좋지 않았다.

거친 목소리로 영어로 뭐라 말했는데, 옆자리에 있는 팬이 해석해 주었다. 음악에 관한 명언이었다.

'제발……!'

사내는 잠시 뜸을 들였다. 그러다가 카드를 펼치며 마이크에 입을 대었다.

[아름다운 모든 것들! 이. 건. 우.]

건우의 이름이 나왔다. 그 순간 극장이 떠나갈듯 비명과 함성이 터져 나왔다.

"꺄아아악!"

"우오아아아아아!"

모두 자리에서 일어나 옆 사람을 얼싸안고, 끌어안았다. 건우가 박수를 받으면서 무대 위로 올라갔다. 석준과 리온, 진희뿐만 아니라 건우를 응원하기 위해 온 배우들도 무대로 올라와 축하해 주었다. 환하게 웃는 건우에게 축음기 모양의 그래미 어워드 신인가수상이 들려졌다.

[정말 감사합니다. 신인가수상을 받게 되어 무한한 영광입니다. 우선 저를 항상 응원해 주시고 지지해 주신 팬분들께 감사드립니다. 이 자리에 있는 것은 제 혼자만의 힘이 아닌 것을 잘 알고 있습니다. 저 혼자…….]

건우는 영어로 말하고 그 다음 한국어로 다시 말했다. 덕분에 건우의 수상 소감이 꽤 길어졌지만 누구도 불평 어린 표정이 되지 않았다. 그의 목소리가 너무 달달했기 때문이다. 특히 여성 가수들은 입가에 가득 미소를 지으며 건우를 응시하고 있었다. 남자 가수들도 간혹 박수를 치며 건우의 말에 고개를 끄덕였다.

모두 건우를 부드러운 시선으로 바라보고 있었다.

[한국은 지금 가장 바쁜 월요일 아침이겠네요. 한국에 계신 팬분들이 보고 계실지는 잘 모르겠지만, 감사하다는 말씀을 꼭 드리고 싶습니다!]

건우는 마지막은 한국말로 마무리 지었다. 팬들은 건우의 마음에 감동했다. 소희의 눈에도 눈물이 맺혔다. 그래미상을 들고 진심으로 기뻐하는 건우의 모습에 팬들은 다시 한번 환호를 질렀다.

핸드폰을 켜보니 속보로 건우의 그래미상 수상 소식을 알리는 기사가 올라왔다.

소희는 자신이 상을 탄 것처럼 기뻤다. 이제 관심은 다른 부문의 상이었다.

"다 건우님 줘라!"

"다 건우 꺼!"

팬들이 열정적으로 그렇게 외쳤다.

*　　　　*　　　　*

건우는 신인가수상을 받고 잠시 동안 기쁨을 누렸다. 손에 들린 상이 신기하게 느껴졌다. 뮤지션이라면 전 세계의 누구라도 타고 싶어 하는 상이 자신의 손에 들려 있는 것이다. 가수 인생의 시작을 그래미 어워드 신인가수상으로 시작하게 되었다.

뿌듯함에 웃음이 터져 나오려 했지만 건우는 진정했다.

'진정하자. 아직 끝나지 않았어.'

건우는 담담한 미소를 짓고 있었지만 오히려 주변에서 더 난리였다. 석준이 리온과 어깨동무를 하고는 주먹을 불끈 쥐고 있었다. 스테판도 거기에 분위기를 탔다.

"건우야! 이제 시작이야!"

"하하하! 그래미를 제패해 버리죠!"

"정말 좋은 날입니다! 정말 기쁘네요."

건우도 달아오르는 분위기를 즐기기 시작했다. 그러나 아쉽지만 그래미를 재패할 수는 없었다.

올해의 앨범 후보에는 못 올랐기 때문이다. 올해의 앨범상은 상업적인 측면, 그리고 예술성 등 다양한 부분을 평가하게 된다. 가장 후보 예측이 힘든 부문이기도 했다. 앨범의 전체적인 구성과 짜임새 등이 평가 기준인데, 아쉽게도 건우는 싱글 앨범 하나로 그래미 어워드에 섰기 때문에 후보에 오를 수는 없었다.

'아쉽군. 정규 앨범을 발매하고 왔다면 가능했을까?'

건우는 장담할 수 없었다.

아름다운 모든 것들이 사랑받은 이유가 있었다. 만약 미국에 오기 전에 정규 앨범을 냈다고 해도 이토록 사랑받을 수 있을지 의문이었다.

'그래도 올해의 레코드에 올라서 다행이네'

건우는 올해의 레코드 상만큼은 꼭 타고 싶었다. 이 곡을 프로듀싱해 준 석준, 그리고 YS의 엔지니어에게 공동으로 수여되니 영광을 같이 누리고 싶었다.

건우는 피식 웃으면서 흥겨운 무대를 즐겼다. 랩과 피아노, 그리고 재즈의 조합으로 구성된 무대였는데, 랩에 대해서는 잘 모르는 건우가 듣기에도 대단했다. 옆을 바라보니 진희가 반짝이는 눈동자로 무대를 바라보고 있었다. 굉장히 신이 난 것 같았다.

좋은 무대에 건우도 박수를 아끼지 않았다. 모두 즐겁게 즐길 수 있는 노래.

이런 것이 바로 음악이었다.

그 뒤에 제드먼의 공연이 이어졌다.

'좋기는 한데……'

음색도 좋고, 가창력도 대단했다. 그러나 뭔가 어색하게 느껴지는 것은 어울리지 않게 겉멋을 잔뜩 부리고 있기 때문인지도 몰랐다.

제드먼은 노골적으로 진희를 응시했다. 건우의 영향을 받아 만든 달달한 사랑 노래였지만 진희는 제드먼의 무대를 전혀 보고 있지 않았다. 흥이 전부 식어버린 것은 진희만이 아니었다. 다른 이들의 분위기도 싸늘했다.

진희는 고개를 돌려 건우를 바라보았다.

"방금 전 무대 진짜 좋았어. 내 취향이야."

"응, 괜찮더라."

"너도 랩 해보는 건 어때?"

"랩? 음, 한 번도 안 해봤는데."

"왠지 잘할 것 같아.

건우와 진희가 다정하게 이야기를 나누고 있는 걸 본 제드먼이 움찔거리다가 박자를 놓쳤다. 나름 노련하게 넘어가려고 했지만 티가 났다. 자신을 비웃는 다른 가수들의 얼굴들이 보이자 실수를 연발하게 된 제드먼이었다.

올해의 노래 시상 순서가 다가왔다. 5명의 후보가 올랐는데, 제드먼도 있었다. 올해의 노래는 작사가와 작곡가에게 수여되는 상이었다. 작사와 작곡을 건우가 모두 했기 때문에 상을 탄다면 건우만 시상대에 오를 수 있었다. 제드먼이 타면 그의 작곡가와 같이 오를 것 같았다.

화면이 다섯을 비추었다. 제드먼은 자신만만해하고 있었다. 그러나 그 자신만만한 모습 속에서 초조함이 느껴졌다. 애써 태연한 척하고 있는 것이다. 그에 비해 건우는 여유 있게 미소를 지으면서 이 현장 자체를 즐기고 있었다.

건우는 별로 긴장이 되지 않았다.

"아름다운 모든 것들! 이. 건. 우!"

건우의 이름이 울려 퍼졌다. 건우는 자리에서 일어났다. 에란과 제시카가 건우를 안으며 축하해 주었고 잠시 지켜보던 진희도 그러했다. 석준과 리온은 주먹을 불끈 쥐고 소리를 질렀다.

건우는 상을 받고 두 번째 수상 소감을 하기 위해 마이크 앞에 섰다. 박수 소리가 잦아들었다.

"아까 수상 소감을 다 해버려서 딱히 할 말이 없네요. 그럼, 짧게 이 노래에 대해서 말해보겠습니다."

건우가 웃으며 그렇게 말하자 웃음소리가 들려왔다.

"이 노래는 힘든 시기에 있는 분들에게 조금이나마 힘이 되었으면 좋겠다는 생각에서 만들었습니다. 팬분들을 위한 노래이기도 하구요. 제 노래를 듣고 작은 위로가 되었다는 이야기를 들었을 때 저는 굉장히 기뻤습니다. 그리고 음악이 지닌 가치를 발견할 수 있었습니다."

건우가 진지하게 말하기 시작하자 모두 건우의 말을 경청했다. 건우의 말은 전혀 지루하게 들리지 않았다.

"저는 노래가 세상을 더 좋게 만들 수 있다고 믿습니다. 모든 뮤지션분들이 자신의 노래를 자랑스러워하셨으면 좋겠습니다. 앞으로도 세상을 위해 좋은 노래들을 만들어주세요. 감사합니다."

짝짝짝짝!

건우가 수상 소감을 마치자 박수가 쏟아졌다. 건우의 말이 꽤 큰 울림이 있었는지 자리에서 일어나 박수를 치는 사람들도 많았다.

건우는 자신의 좌석으로 돌아왔다. 석준이 건우를 자랑스럽게 바라보며 격하게 포옹했다. 석준의 눈시울이 붉어져 있었다.

"잘했다, 잘했어."

"하하, 진정해요. 아직 끝난 게 아니에요."

"그래, 그렇지!"

석준은 그렇게 대답을 했지만 흥분을 감추지는 못했다.

슬쩍 리온을 바라보니 스테판과 함께 어깨동무를 하고 방방 뛰고 있었다. 이미 그 둘은 절친이 되어 있는 것 같았다. 잠시 다른 무대가 이어졌다.

이번에는 조용한 무대였는데, 그 조용함이 아이러니하게도 그래미 어워드가 끝을 향해 가고 있다는 것을 알려주었다. 두 개의 상만이 남아 있었다. 올해의 레코드와 올해의 앨범상이었다. 올해의 앨범상이 가장 마지막에 시상을 하는 만큼 더 비중이 있는 상이었다.

'다음이 있을까?'

건우는 마지막이 아님을 잘 알고 있었다. 다음 정기 앨범으로 올해의 앨범상에 오르고 싶은 욕심도 있었다. 그러나 상을 위해서 앨범을 만들고 싶지는 않았다. 그래미상을 받고 나니 그런 생각이 더욱 강해졌다.

시상 순서가 다가오자 석준은 얼굴이 하얗게 변했다. 엄청 긴장을 하고 있는 것 같았다. 건우도 그 얼굴을 보니 괜히 긴장이 되었다.

진희가 석준의 모습을 보고는 피식 웃었다.

"석준 오빠, 죽으려고 하네. 리온은… 뭐해?"

"기도요. 진희 선배도 빨리 기도해요!"

"누구한테 기도를 하는데? 너 무교라고 하지 않았어?"

"당연히 건우신님께 기도하고 있지요."

리온은 두 손을 모으고 간절히 빌고 있었다. 옆에 있는 스테판도 왜인지 그러했다. 진희는 어이없다는 눈으로 그 둘을 바라보고 있을 뿐이었다.

에란과 제시카도 조마조마한 눈빛으로 무대를 응시했다. 건우는 그 모습에 따스함을 느꼈다.

제드먼도 이제는 초조해 보였다. 그 역시 올해의 앨범에는 이름을 못 올렸기 때문이다. 건우의 영향을 받아 낸 싱글이 인기를 끌었지만 그 후의 정규 앨범은 큰 반응을 얻지 못했기 때문이다.

화면에 후보들이 비추었다. 건우의 이름과 함께 석준 그리고 편곡, 엔지니어로 참여한 린다의 이름도 올라가 있었다.

"올해의 레코드."

건우는 귀를 기울였다. 석준은 거의 숨조차 쉬지 않는 것처럼 보였다.

"아름다운 모든 것들! 이건우, 이석준, 린다."

"좋았어!!"

석준이 벌떡 일어나며 포효하듯 외쳤다. 그러더니 옆에 있는 리온을 끌어안고 이리저리 휘저었다.

건우는 자리에서 일어나 석준과 함께 무대 위로 올랐다. 건우가 상을 받았는데, 석준에게 건네주자 석준은 울컥하며 다시 눈시울을 붉혔다.

"소감 부탁드려요."

건우는 석준에게 수상 소감을 양보했다. 석준은 손에 들린 상을 바라보다가 마이크에 입을 가져다 대었다.

"감사합니다. 이런 큰 상까지 받다니 정말 기쁩니다. YS의 대표로서가 아닌, 뮤지션으로서의 저를 돌아볼 수 있는 계기가 되었습니다. 건우를 만나게 된 건 제 인생의 큰 행운입니다. 감사합니다. 얘들아! 보고 있냐! 나 상 탔다!"

한국말로 했기에 모두 무슨 말인지 못 알아들었다. 시간 관계상 짧게 줄여야 했기에 건우는 간단하게 통역했다.

"아, 음. 저를 너무 사랑하시는 것 같네요. 감사합니다."

마지막으로 그렇게 덧붙였다. 그러자 웃음소리가 터져 나왔다. 건우는 석준과 함께 카메라를 바라보며 손을 크게 흔들고는 무대 밑으로 내려왔다.

리온과 스테판이 난리였다.

"와아아! 올해의 레코드! 엄청 부럽다!"

"축하드립니다!"

석준은 활짝 웃으며 받은 상을 치켜들었다. 엄청나게 신이 나 보였다. 건우는 말릴 생각을 전혀 하지 않았다.

진희는 건우를 보며 방긋 웃었다. 그녀도 진심으로 기쁜 듯했다.

"축하해."

"고마워."

"오늘은 어떻게 할 거야? 따로 일정이 있는 거야?"

"일정? 없는데. 으음……."

진희의 물음에 건우는 잠시 고민했다. 그래미 어워드에 집중하고 있느라 뒤의 일정을 전혀 생각하지 못하고 있었다. 이대로 멀리에서 온 이들을 돌려보내기가 너무 미안했다. 리온과 어깨동무를 하며 좋아하는 스테판, 그리고 자신을 반짝이는 눈으로 바라보고 있는 제시카와 에란을 보니 아마 돌아가라고 해도 안 갈 것이 확실했다.

대답은 정해져 있었다.

"그럼, 파티라도 해야겠네."

파티라는 말이 들리자 모두 건우를 바라보았다.

"가자! 파티!"

"오늘은 끝까지 달려요!"

석준과 리온이 그렇게 외치자 모두 좋아하며 박수를 쳤다. 파티장은 건우의 집으로 정해졌다. 모두에게 가장 익숙하고 좋은 곳이었기 때문이다.

*   *   *

이번 그래미 어워드의 승자는 누가 뭐라고 해도 건우였다. 올해의 앨범은 다른 가수가 타기는 했지만 건우는 가장 큰 상 네 부문 중 세 부문을 석권하며 그래미 어워드의 승리자가 되었다. 올해의 앨범을 타지 못한 것은 아쉽기는 했지만 지금 이 정도만으로도 엄청난 것이었다.

한국의 어떤 가수와도 비교할 수 없는 커리어를 쌓은 것이다. 무서운 점은 건우의 가수 인생은 이제 시작이라는 것이었다.

시상식이 마치고 마지막 포토 타임에서 건우는 3개의 상을 모두 들고 포즈를 잡았다.

수많은 카메라가 건우를 향했다.

"건우 씨! 조금 더 과감한 포즈로 부탁해요!"

"더 웃어주세요!"

기자들의 요구에 충실히 포즈를 잡아주었다. 그 옆으로 제드먼이 지나갔지만 누구도 제드먼에게 시선을 주지 않았다. 제드먼을 경호하고 있는 몸집 좋은 경호원들만 머쓱할 뿐이었다. 제드먼은 수상을 하기는 했지만 작은 부문이라 그런지 모두에게 잊혀진 지 오래였다.

그의 뒷모습이 유난히 쓸쓸해 보였다.

건우는 제드먼에게 신경을 쓸 겨를이 없었다. 사진 촬영 후

짧게 인터뷰를 하느라 바빴기 때문이다. 많은 기자들이 건우의 모습을 영상과 사진으로 담았고 빠르게 기사로 내기 시작했다.

'지금쯤이면 한국에서도 알았겠지?'

한국 기자들도 보였으니 한국에서도 빠르게 기사로 나갈 것 같았다. 건우는 아주 긍정적인 반응이 있을 것이라 생각했다. 어쨌든 한국 최초였으니 말이다. 이번 그래미 어워드는 저번 빌보드 신기록 때와 같이 관심이 대단히 높았다.

그것을 건우도 잘 알고 있었다.

"건우 씨! 인터뷰 가능하시나요?"

"잠시만 시간 좀 내주세요!"

"죄송합니다. 지금 바로 가야 해서요."

건우는 밀려드는 인터뷰를 거절하고 바로 리무진을 탔다.

"와아아아!"

"꺄악!"

건우가 리무진에 오르니, 미리 타 있던 이들이 소리를 질렀다. 테이블에는 커다란 케이크가 놓여 있었다. 그래미 상을 본뜬 케이크였는데, 건우의 이름이 적혀 있었다.

촛불은 3개가 세워져 있었다. 그래미 어워드에서 탄 상의 개수였다. 에란과 제시카, 그리고 스테판이 준비한 수제 케이크였다.

한차례 요란스러운 축하가 끝나고 모두와 함께 리무진을 타고 건우의 집으로 돌아왔다. 스테판과 제시카, 그리고 에란은 스케줄을 마치고 급하게 오느라 호텔을 예약하지 못했다. 번거롭게 호텔을 잡을 필요 없이 그냥 건우의 집에서 머물기로 했다. 건우는 안 쓰는 2층을 청소해 놓길 잘했다고 생각했다.

리무진에 있던 술은 모두 축하 파티에 제공되었다.

건우는 그래미상들을 진열장에 넣어놓고는 뿌듯하게 바라보았다.

살짝 옆을 바라보니 분위기가 이미 달아올라 있었다. 석준이 잔을 따라주자 스테판은 공손하게 받더니 고개를 돌리고 마셨다. 저번에 건우의 분식집에서 배운 것이었다.

석준이 그 모습을 보더니 고개를 저었다.

"노노! 위 아 프렌드. 편하게, 아메리칸 스타일 오케이?"

"아, 오케이!

"마시자 마셔! 헤이! 드링크! 드링크!"

"오우!"

스테판과 석준이 술 배틀이라도 하듯 술을 벌컥 들이켰다. 편한 옷으로 갈아입은 다른 이들이 합류하자 분위기는 더욱 달아올랐다.

"건우야! 너도 빨리 와라!"

"그래요! 후배님 없으니까 재미가 없네."

"안주 좀 만들고요."

석준과 리온의 말에 건우가 그렇게 대답했다. 웃고 떠드는 소리를 들어보면 건우가 없어서 재미없다는 말은 과장된 말인 것 같았다. 값비싼 양주가 가득했지만 석준과 리온, 그리고 다른 이들이 마시고 있는 건 석준이 가지고 온 소주팩이었다.

속을 버리기 전에 빨리 안주를 만들어줘야겠다고 생각했다.

"도와줄까?"

진희가 다가와서 말했다. 건우는 잠시 생각하다가 고개를 끄덕였다. 건우와 진희는 나란히 서서 간단한 안주를 만들었다.

"이제 한국에 오는 거야?"

"곧 돌아가야지. 앨범 작업은 한국에서 하고 싶거든."

"그치? 한국이 편하지?"

한국이나 미국이나 다 편했지만 건우는 고개를 끄덕였다. 파파라치 같은 경우에는 미국이 훨씬 집요했다. 앨범 작업을 하기에 편한 것은 역시 한국이었다. 한국에서 앨범을 낸다고 하더라도 전 세계를 공략하는 것에는 문제가 없었다. 건우는 한국으로 돌아가 푹 쉬면서 좀 더 음악에 대한 고민을 하고 싶었다.

소파에 앉아 있던 에란이 귀를 쫑긋하더니 건우를 바라보았다.

"건우, 한국에 가는 거야? 진짜? 왜?"

"뭐, 원래 영화 촬영 때문에 온 거였으니 가야지."

"아……."

에란이 아쉬워했다. 에란의 옆에 있던 제시카가 그 말을 듣더니 술을 벌컥 들이키고는 긴 한숨을 내쉬었다. 제시카도 아쉬움이 가득한 얼굴이었다.

"보고 싶으면 한국에 가도 되지요?"

"네, 얼마든지 환영입니다."

"바로 놀러 갈게요. 근데, 건우 씨가 돌아갈 때 미국 팬들이 난리가 날 것 같네요."

"네? 설마요."

제시카의 말에 건우는 고개를 저으며 대답했다.

건우는 제시카의 말을 귀담아듣지 않았다. 가벼운 농담이라고 생각할 뿐이었다. 자신이 아무리 인기가 많아도 그 정도는 아니라고 생각했다.

"다 만들었으면 빨리 와!"

석준의 목소리에 건우는 피식 웃고는 안주를 들고 합류했다. 동이 틀 때까지 그렇게 마시고 놀았다. 신기하게도 건우의 주변 인물들은 모두 술을 잘했다.

건우는 방에 들어가지 못하고 그 자리에 누워 잠들어 버린 이들을 바라보며 피식 웃었다. 이런 파티 뒤의 뒷정리는 늘 건우의 담당이었다. 그래도 그게 귀찮지 않았다. 술을 마시고 눈을 떴을 때 아무도 없는 외로움을 건우는 누구보다도 잘 알고 있었다.

'벌써 아침인가?'

정리가 끝나고 건우는 창밖으로 동이 트는 것을 바라보았다. 그러다가 제시카가 해준 말이 떠올라 고개를 갸웃했다.

'난리가 난다고?'

피식하고 웃음이 절로 나왔다.

자신이 귀국하는 일 정도에 난리가 날 리가 없었다. 아직 건우는 그 말이 사실이 될 줄은 전혀 예상하지 못했다.

건우는 그래미상뿐만 아니라 다른 음악 시상식의 상들도 휩쓸었다.

    그래미에 비교한다면 손색이 있었지만 그래도 권위 있고 큰 상이었다.

    그렇게 기쁜 일들 속에서 건우의 미국 일정이 모두 마무리 되었다.

    에이전시도 아쉬워했지만 건우의 의견을 존중해 주었다. UAA 에이전시와의 인연이 완전히 끊기는 것은 아니었다.

    다시 미국 활동을 시작하는 것도 그렇고 그 외에도 지속적으로 건우에게 도움을 주기로 약속한 상태였다.

추후에 계약 기간이 만료되면 마이클이 직접 한국에 오기로 했다.

에란과 제시카, 스테판은 다음 날 바로 돌아갔고 석준과 진희, 그리고 리온은 건우의 집에서 며칠 정도 머물면서 관광을 하다가 한국으로 돌아갔다. 건우가 워너 브라더스의 동의를 받아 '골든 시크릿' 세트장 구경을 시켜줬는데, 셋은 엄청 좋아했다.

영화가 워낙 대박을 쳐서, 1부에 나오고 더 이상 나오지 않는 세트장들도 모두 라인 랜드로 옮겨져 테마파크로서의 한 축을 담당한다고 한다.

본격적으로 '골든 시크릿' 테마파크가 완성되는 건 역시 3부가 모두 나온 후였다.

건우가 정들었던 집을 정리하고 귀국을 준비하고 있을 때 미튜브에 올라온 동영상이 화제가 되고 있었다.

순식간에 조회 수 백만을 돌파하여 화제가 된 동영상이었다.

건우와 관련이 있었다.

제목: 알바하는 데 강림한 건우님.
조회수 1,262,421

[미튜브 동영상]

매장에서 아르바이트 하는데 건우님이 오셨습니다.

진짜 제 인생 최고의 시간이었어요!

한국으로 돌아가신다는데, 가지 않으셨으면…….

좋아요 23,456 싫어요 212

댓글 982

kamie_men: 와, 환상적인 콜라보야. 안나! 당신이 얼마나 노력했는지 보여.

lamondel: 하느님 맙소사! 내가 무엇을 보고 있는 거지? 이거 광고 아니지?

anne_231: 건우님 팬서비스가 예술이네!

rose_tw: 나도 눈물을 흘렸어. 힘든 상황인 것 같은데 꿈을 꼭 이루길 바랄게!

민성: 와, 위엄 돋네. ㅋㅋㅋ한국인 손?

—RE: 김민애: 손! 성지 순례하고 갑니다.

이하늘: 이분 아메리카 챌린지에서 연락 왔다고 함. 거기 나간다던데.

—RE: packC: 오! 대박이네.

건우가 방문했던 햄버거 매장에서 찍은 영상이 화제가 되고 있었다.

노래를 같이 부른 것과 건우가 직접 찍어준 영상이 같이 올라왔는데, 반응은 너무나도 뜨거웠다. 그래미상을 탄 직후이다 보니 더욱 그러했다.

햄버거 매장에서 알바를 하던 안나는 그 영상으로 인해 아메리카 챌린지 본선 참가권을 받은 모양이었다.

아메리카 챌린지는 요즘 핫한 스타 발굴 프로그램이었다. 건우에게도 특별 심사위원으로 나와달라는 제의가 있었지만 거절했었다.

참가권은 심사 위원들이 직접 재능 있는 이들을 초청하는 권한이었는데, 예선 오디션이 생략되었기에 대단히 값어치가 있다고 한다.

그녀가 참가권을 인증하면서 SNS에 글을 올렸다.

안나
정말 감사합니다. 지금도 꿈인지 현실인지 믿겨지지가 않아요. 건우님을 알게 된 건 행운이었고, 그의 팬이 된 것은 행운보다 더욱 큰 행복이었어요.

열심히 해서 꼭 성공한 덕후가 되겠습니다.

#가지_마_이건우

안나의 가정 사정과 힘든 상황 속에서도 노래의 꿈을 잊지 않았던 사정이 알려지면서 많은 관심을 받고 있었다. 무엇보다 건우의 팬들이 그녀를 지지해 주고 있었다.

나머지는 그녀가 하기 나름일 것이다.

*   *   *

건우는 짐을 정리하고 미국에서의 마지막 밤을 보냈다. 본래는 에이전시에서 거대한 송별 파티를 계획했었으나, 건우가 거절했다. 영원히 사라지는 것도 아닌데, 너무 요란했기 때문이다.

마이클, 매니저와 함께 조촐한 송별회를 가졌다.

'골든 시크릿'을 함께하며 정들었던 배우와 스태프에게 전화가 쏟아졌는데, 특히 크리스틴 잭슨 감독과는 많은 이야기를 나누었다.

그는 다음에도 꼭 같이 작업을 해보고 싶다는 말을 전해왔다.

그의 말에 진심이 가득 담긴 게 느껴져 건우는 불러주면 언제든지 가겠다고 말해주었다.

그러나 그날이 언제가 될지 건우도 예측하기 어려웠다. 지금은 오로지 앨범 작업만이 그의 머릿속을 가득 채우고 있었기 때문이다.

"건우 씨, 오늘은 비행기 타기 아주 좋은 날입니다."

"오늘따라 날이 화창하네요."

"사실 천재지변이 일어났으면 했습니다. 그래야 건우 씨가 조금이라도 더 미국에 머무실 테니까요."

"하하, 잘 돌아가라는 뜻으로 알겠습니다."

매니저가 마지막으로 건우를 공항으로 데려다주기 위해 집 앞에 왔다.

집 주변에서 굉장히 많은 시선들이 느껴졌지만 건우는 귀국하는 날이니 신경 쓰지 않기로 했다.

오늘만큼은 조용히 가고 싶었다. 기척을 살펴보니 파파라치뿐만 아니라 일반 기자들도 있는 것 같았다.

"오늘로 마지막이네요. 아쉽습니다. 자! 타시죠. 일찍 출발해야 할 것 같습니다."

건우는 차에 올랐다. 매니저가 먼저 연락을 해와 예정 시간보다 일찍 나왔다.

건우는 멀어지는 집을 잠시 바라보다가 고개를 돌렸다. 차가 공항을 향해 부드럽게 나아갔다.

'따라붙는 차들이 많군.'

파파라치 차량도 있었지만 방송국 로고가 박힌 차도 보였다.

차량 위로 몸을 빼서 카메라로 건우의 차를 찍기도 했다. 이렇게 방송국 차량들이 따라오는 것은 처음이었다.

건우는 그들을 제지해 볼까 하고도 생각했지만 안전거리를 유지하고 있어 그냥 놔두었다. 괜히 제지하다가 큰 사고로 이어질 수 있을 것 같았다.

매니저가 백미러로 뒤를 힐끔 보았다.

"역시 방송국 차량도 따라붙고 있네요. 헬기까지 뜰지도 모르겠는데요?"

"헬기요?"

"네, 건우 씨는 그만큼 대단합니다. 좀 더 거만해져도 좋아요."

건우가 모르겠다는 표정을 하자 매니저가 씨익 웃으면서 설명해 주기 시작했다.

건우가 귀국한다는 것이 알려지자 미국 팬들을 중심으로 일어난 '가지 마, 건우!' 운동이 더 탄력을 받았다. 아쉬운 마음을 담아서 미국 팬들이 준비한 이벤트였는데, 그게 더욱 크게 번진 것은 얼마 전이었다.

어디서 시작되었는지는 모르겠으나 '제드먼 때문에 건우가 미국에 대단히 실망해서 다시는 안 오겠다고 결심했다'라는 루머가 순식간에 퍼져 나갔다.

건우도 에이전시를 통해 듣기는 했으나 우스갯소리로 치부

하고 신경을 쓰지 않았었다.

그저 웃으며 넘어갈 수 있는 루머였지만 팬들에게는 아니었다.

이대로 가버린다면 영영 건우가 미국에 오지 않을 것이라는 불안감이 팬들을 직접 움직이게 만들었다.

미국 팬들은 세계에서 규모가 제일 컸다.

건우의 노래를 듣고 팬이 된 이들, 그리고 가장 확고하고 많은 매니아층을 형성하고 있는 '골든 시크릿'의 팬들이 건우의 팬으로 합류하면서 거대한 규모를 자랑하게 되었다.

에이전시에서 그런 일은 없다고 공식 발표를 해서 어느 정도 가라앉았지만 '가지 마, 건우!' 운동은 여전히 엄청난 탄력을 받고 있었다.

"한번 검색해 보시죠."

건우는 매니저의 말대로 핸드폰을 꺼내 검색해 보았다. 미튜브 동영상만 해도 수십 건이 넘게 나왔다.

미국 각지에서 찍은 동영상들이었는데, 잔뜩 모인 팬들이 가지 말라고 외치고 있었다.

다행히 폭력적인 분위기가 아니라 평화로운 축제와도 같은 분위기였다.

웃고 떠드는 분위기 속에서 가지 말라고 외치는 모습은 색다르게 다가왔다.

영상 속 꼬마가 스케치북을 들고 있었다. 어설픈 글씨로 가지 말라고 쓴 영어가 보였다. 미튜버가 꼬마에게 다가가 물었다.

[왜 가지 않았으면 좋겠어요?]

[으응, 좋으니까요!]

[좋아서요? 얼마만큼요?]

[결혼할 거예요!]

미튜버가 꼬마의 말에 웃음을 터뜨렸다.

[이건우랑요? 그러면 한 15년은 기다려야 할 것 같은데요?]

[15년?]

[어, 음… 엄청나게 많은 밤이 지나야 해요.]

[괜찮아요. 난 잠을 많이 자니까!]

건우는 그 영상을 보며 웃을 수밖에 없었다.

기회가 된다면 언젠가 만나러 가보고 싶기는 했다.

건우가 기부를 하고 여러 가지를 도와준 병원에서도 영상을 찍어 올렸다.

마음 한쪽이 간질간질해지는 기분이 들었다. 한동안 영상에서 눈을 떼지 못했다. 그답지 않게 크게 소리 내어 웃기도 했다. 매니저가 그 모습을 보고 흐뭇하게 웃었다.

"어때요. 장난 아니죠?"

"네, 그러네요."

매니저가 라디오를 틀었다. 마침 뉴스가 나오고 있었다.

[LA국제공항에 엄청난 인파들이 모여들었습니다. 저도 이렇게 많이 모인 광경은 태어나 처음 보는데요. 이들은 모두 이건우 씨를 배웅하기 위해 모인 팬들입니다. 공항 측에서는 안전을 위해…….]

[가지 말아요!]

[가지 마!]

건우는 라디오에서 나오는 소식에 또 한 번 놀랐다. 팬들의 소리가 리포터의 목소리와 함께 섞여 들렸다. 매니저는 역시 그럴 줄 알았다며 고개를 끄덕일 뿐이었다.

'도대체 얼마나 모였길래?'

얼마나 모였길래 뉴스에 나오는지 매우 궁금했다.

건우는 자신의 팬들이 공항에 올 거라는 건 알고 있었다. 매번 공항에 갈 때면 늘 팬들이 건우를 보기 위해 왔었기 때문이다.

이번에는 그것보다 조금 많은 정도라 생각하고 있었지만 상황을 보니 자신의 예상을 크게 웃도는 것 같았다.

'세상은 늘 내 예상을 뛰어넘는 걸 보여주는 것 같아.'

공교롭게도 늘 그러했다. 자신을 과소평가하는 것도 아닌데도 말이다.

건우가 탄 차량이 LA국제공항으로 진입했다.

건우는 창밖으로 비치는 풍경에 놀랄 수밖에 없었다. 사람 밖에 보이지 않을 정도로 빼곡했다.

플래카드가 눈에 띄었는데 '가지 마, 건우!'라고 써져 있었다. 취재의 열기도 대단히 뜨거웠다.

건우도 알고 있는 방송국의 카메라도 있었고 한국 기자들도 보였다.

이대로는 내릴 수가 없어 공항의 보안 요원들에게 에스코트를 받았다.

건우는 자신을 배웅하기 위해 온 팬들에 모습에 한동안 말을 잇지 못했다. 차창 밖으로 보이는 풍경을 멍하니 바라볼 수밖에 없었다.

매니저도 밖을 내다보며 감탄했다.

"엄청나네요. 저도 이 정도일 줄은 몰랐습니다. 일찍 오기를 잘했군요."

매니저가 차의 시동을 끄고는 건우에게 악수를 청했다.

"같이 일하게 되어 영광이었습니다. 미국에 오시면 꼭 다시 연락을 주세요. 이제는 팬으로서 응원하겠습니다."

"저도 즐거웠습니다."

밖의 상황을 보아하니 매니저와는 차 안에서 이별을 해야 했다. 건우는 매니저와 손을 잡고는 웃었다. 매니저도 따라 웃더니 무언가를 꺼내 건우에게 건넸다.

"선물입니다. 제 아내가 만든 요정왕 피규어입니다. 건우 씨의 모습을 담기 위해 엄청 노력했다고 합니다."

"감사합니다."

케이스를 열어보니 고퀄리티의 피규어가 있었다. 갑옷과 옷도 한 땀, 한 땀 직접 만든 티가 났다. 그의 아내는 끝까지 대단한 것 같았다.

건우는 잠시 창밖을 바라보다가 차에서 내렸다.

건우의 모습이 보이자 팬들이 난리가 났다. 보안 요원들의 통제를 받고 있어 가까이 다가올 수 없었지만 소리는 지를 수 있었다.

"꺄아아악!"

"건우!"

"이건우! 이건우!"

"여기 좀 봐줘요!"

그 모습은 콘서트장을 방불케 했다.

카메라 플래쉬가 마구 터지고 비명 소리에 귀가 먹먹해졌다.

건우는 보안 요원들에게 둘러싸여 이동했다.

팬들 때문이라도 오래 머물고 싶었지만 그럴 수 없었다.

건우가 오래 머물수록 사고가 날 확률이 높아질 것이었다. 건우는 괜찮을 테지만 팬들이 다칠 수가 있었다.

건우가 손을 흔들어주며 보안 요원을 따라갈 때였다.

"돌아와!"

"이건우! 돌아와! 이건우! 돌아와!"

한국어로 그렇게 외치는 소리가 들려왔다.

건우는 걸음을 멈출 수밖에 없었다.

수많은 팬들이 자신의 이름과 함께 다시 오라고 말해주니 감동할 수밖에 없었다.

건우는 팬들을 바라보았다.

자신에게 쏟아지는 사랑이 확실하게 느껴졌다.

'이 길을 선택하길 잘했어.'

건우는 거액의 영화 출연료를 받았을 때보다 훨씬 기뻤다.

환하게 웃으면서 팬들에게 크게 손을 흔들어주었다.

사인이라도 해주고 싶었지만 그럴 수 없는 것이 아쉬웠다.

"건우 씨, 지금 이동하셔야 합니다."

건우는 잠시 머물며 팬들을 바라보다가 보안 요원의 말에 다시 이동했다.

건우가 보안 요원을 따라가자 팬들의 목소리가 커졌다.

주저앉아 펑펑 우는 이들도 꽤 많았다. 세상이 떠나가라 우는 모습은 대단히 슬퍼 보였다.

'영원히 가는 것도 아닌데.'

미국 팬들에게는 크게 다가온 모양이었다.

건우가 안으로 들어갔지만 미국 팬들은 한동안 떠나지 않았다.

뿌듯하고 기쁘기도 했지만 마음이 무거워진 건우였다.

'내가 뭐라고······.'

자신이 이런 사랑을 받을 자격이 있을까?

건우는 문득 그런 생각이 들었다.

이 거대한 관심과 사랑에 대단히 기분이 좋았지만 한편으로는 두렵게 느껴졌다. 왜 두려운지 자신도 잘 이해를 할 수 없었다.

그것을 이해할 날이 온다면 자신이 조금 더 높은 곳까지 올라갈 수 있을 것 같았다. 무공이든, 사람으로서의 깨달음이든 말이다.

밖에서 시간이 꽤 지체된 덕분에 비행기 시간은 빨리 돌아왔다.

건우를 보기 위해 일부러 한국행 비행기 티켓을 구매한 팬들도 상당했다.

아쉽게도 1등석이다 보니 건우를 잘 볼 수 없을 것이다.

따라온 팬들은 건우의 휴식을 방해할 생각이 없었는지 마치 없는 것처럼 조용했다.

건우는 창밖으로 멀어지는 공항을 보며 아쉬움을 털어내려 긴 숨을 내쉬었다.

미국을 떠날 때 아무렇지도 않을 것 같았지만 기분이 묘했다.

한국으로 가는 기쁨, 미국을 떠나는 아쉬움, 사랑과 관심에 대한 행복, 그리고 알 수 없는 두려움. 모든 것이 교차되어 건우의 정신을 붕 띄워 버렸다.

건우는 운기조식을 취하며 그런 감정을 진정시켰다.

장시간에 비행 끝에 한국에 도착했다.

건우의 예상대로 공항에는 많은 팬들이 몰려와 있었다.

다른 점이 있다면 고위직으로 보이는 사람들이 건우를 맞이해 주고 웃으면서 사진을 찍으려 했다는 점이었다.

건우는 바쁘다는 핑계로 거절하면서도 팬들에게 인사를 해 준 후 집으로 돌아왔다.

"후……."

미국에서 보내진 짐이 잔뜩 쌓여 있었다. 건우는 짐을 잠시 보다가 작게 한숨을 내쉬었다.

집은 상당히 낯설었다. 미국의 집에서 지낸 시간이 더 길었기 때문이다.

건우는 미국에서의 일들을 떠올려 보았다.

'재미있었어.'

물론 즐거웠던 기억만 있는 것은 아니지만, 좋은 추억이 더 많았다.

무엇보다 좋은 사람들과 인연을 맺을 수 있어 행복했다. 건우의 할리우드 진출은 그렇게 성공적으로 끝을 맺었다.

언젠가 다시 좋은 일로 출국할 수 있으면 좋겠다고 생각했다.

6. 건우의 음악

건우는 귀국한 후 한동안 휴식을 취했다.

귀국하자마자 CF 촬영부터 시작해서 드라마, 영화, 화보, 예능 출연에 이르기까지 엄청나게 많은 제의가 밀려든 것은 당연한 일이었다. 건우의 몸값이 엄청난 만큼 제안들도 모두 큼직큼직했다.

건우의 이미지는 최고였다. 건우가 상품 CF에 출연한다면 그 상품의 해외 진출이 대단히 쉬워질 거라는 관측도 나오고 있었다. 여러 대기업에서 건우에게 눈독 들이고 있었다. 출연료는 그냥 부르는 것이 값이었다.

〈세계가 사랑하는 월드스타, 이건우의 몸값은?〉
〈CF 출연료만 수십억대 예상〉
〈이건우, 그 자체가 브랜드다〉
〈연이어 굵직한 CF 거절한 이건우, 도대체 왜?〉
〈이건우에게 바란다. 겸손보단 활약을〉

이런 기사가 마구 쏟아져 나왔다. 나쁜 기사는 없었다. 이건우는 일종의 성역이 되었다. 까임방지권을 수백 장 발급받았다는 말이 나올 정도였다.

기사대로 건우는 여러 달콤한 제안들을 거의 모두 거절했다.

예전에는 돈이 되는 것들을 선별했다면, 지금은 자신의 영향력을 생각해서 선별해야 했다. 게다가 이미지 관리도 필수였다. 이미지라는 것은 쌓아올리기는 어려워도 추락하는 것은 순식간이었다. 본래의 건우는 이미지를 그렇게 중요하게 생각하지 않았지만 지금은 달랐다.

자신을 보며 우는 팬들, 사랑한다고 외치는 팬들. 무조건적인 응원을 해준 팬들.

그들을 위해서라도 전보다 더 철저하게 이미지 관리를 해야 했다. 건우는 팬들의 마음속에 위로와 기쁨으로 남고 싶었다.

그 때문에 YS에서는 모든 것들을 신중하게 검토하고 있었다.

"좋아, 시작하자."

휴식을 취한 건우는 바로 앨범 작업에 들어갔다. 좋은 영화 제의도 있었으나 정규 앨범이 최우선이었다.

건우의 집에는 작은 스튜디오가 마련되어 있었다. YS에서 건우의 집을 관리해 주면서 방 하나를 개조해 음악 작업을 위한 스튜디오를 만들어주었다. 건우는 굉장히 만족했다. YS 사옥에 있던 건우의 작업실을 그대로 옮겨왔기 때문이다. 음악 작업을 하는 데 있어서 굉장히 쾌적한 환경이었다.

'음, 예전에 작업했던 걸 들어볼까?'

석준과 린다, 그리고 YS 소속의 작곡가들이 만든 곡 리스트를 불러왔다. 건우가 미국에 가면서 앨범 작업이 중단되었지만, 린다와 작곡가들은 꾸준하게 곡을 만들었다.

'어디보자. 전에 들었던 곡 말고도 꽤 많이 추가되었네.'

앨범에 수록하려고 정해놓은 것들도 포함되어 있었고 새로운 곡들도 보였다. 비공식적으로 린다와 함께 녹음을 해본 것도 있었다. 작업을 할 당시에 꽤 듣기 괜찮았던 기억이 있었다.

건우는 생각보다 정규 앨범 발매가 빨라질 것 같다고 생각했다. 앨범의 주제와 전체적인 틀은 이미 짜여 있었고 몇 곡 정도는 벌써 나와 있었기 때문이다. 여러 가지 상황을 고려해 발매 시기를 맞춘다면 아마 올해 말쯤에는 나올 수 있을 것 같았다.

건우는 그런 생각을 하며 재생 버튼을 눌렀다. 예전에 마음에 들었던 곡들이 흘러나왔다. 건우는 눈을 감고 집중해서 들었다.

"음……."

건우의 표정이 점점 심각해졌다. 제일 마음에 들었던 곡이 흘러나왔는데, 고개를 갸웃하면서 다시 들어봐도 인상이 펴지지 않았다.

"마음에 안 드는데……."

기이하게도 좀처럼 마음에 들지 않았다. 전에는 분명히 마음에 들었지만 이제 와서 들어보니 전혀 끌리지 않았다. 건우는 일단 리스트에 있는 모든 곡들을 다 들어보았다. 역시 그의 표정이 나아지지 않았다. 오히려 더욱 심각해졌다.

'언뜻 들으면 괜찮기는 한데…….'

건우는 답답한 마음에 몇 번이고 리스트를 반복해서 들었다. 너무 집중했는지 시간이 훌쩍 지나가 있는 것을 자각하지 못했다.

'너무 보여주는 것에만 급급한 느낌이야.'

노래로 느껴지지 않았다. 반드시 노래를 대박 내겠다는 의지가 강력하게 느껴졌다. 그것에 집중하느라 중요한 본질을

놓치고 있는 느낌이었다. 그저 그럴싸하게 만들어놓은, 속 빈 강정과도 같은 분위기였다.

홍행을 위한 공식들만으로 꽉 차서 더 이상 담을 것이 없는 느낌이었다. 그런데 그게 건우로 하여금 부족함을 느끼게 했다.

그것이 잘못되었다는 것은 아니었다. 충분히 대중적으로 사랑받을 수 있었다. 건우의 능력이 발휘된다면 분명 상업적으로 성공을 시킬 수 있을 것이다.

어쩌면 아름다운 모든 것들보다 더 대박이 날 수도 있었다. 그러나 자신의 감정과 마음이 가짜로 물들 것 같았다.

'나는 그렇게 하면 안 돼.'

건우는 고개를 저었다.

자신만큼은 그래서는 안 된다는 생각이 들었다. 사람들에게 감동을 주고 때로는 공감을 이끌어내어 추억 속에 잠기게 하는 것.

건우는 그게 자신의 노래라고 생각했다. 미국에서의 생활은 건우에게 많은 것을 가르쳐 주었다. 그것은 미국이라는 나라가 좋아서가 아니었다. 해보지 못한 경험을 했고, 많은 사람들 앞에서 노래를 부르면서 많은 것을 느꼈기 때문이다. 특히 엔젤 보이스의 출연이 건우의 생각을 전환하는 데 도움이 되었다. 그리고 그래미상 역시 그러했다.

무대를 꾸민 많은 가수들의 노래는 대단히 즐거웠다. 건우는 무리하게 돈을 벌기 위한 음악, 그리고 공감을 얻지 못하는 예술성에만 치우쳐져 있는 음악, 그런 것들에게서 멀어지고 싶었다.

'내가 원하는 것을 할 수 있을까?'

건우는 오랜 시간 동안 의자에 앉아 생각에 빠졌다. 이미 답은 내려져 있었지만 많은 것들이 마음에 걸렸다. 석준과 린다, 그리고 다른 작곡가와 엔지니어들에게 미안했다. 건우가 그래미상을 탄 것을 누구보다도 기뻐했고, 은근히 기대를 하고 있는 것을 잘 알고 있었다. 그리고 대단한 노력을 하고 있는 것도 알고 있었다. 건우의 정규 앨범을 성공시키기 위해 말이다.

마음을 전하는 것도 힘들었지만, 거절하는 것은 더욱 힘들었다. 이제 막 마음의 벽을 허물고 사람들과 진심으로 소통하기 시작한 건우에게는 어려운 일이었다.

'어렵네, 어려워.'

이런 것들이 건우에게 주화입마인지도 몰랐다.

석준과 YS의 가족들이 자신에게 많은 기대를 하고 있었다. 예전이었다면 그들의 기대에 흔쾌히 따라갔겠지만 지금은 아니었다.

결심이 굳었다.

건우는 고개를 끄덕이면서 자리에서 일어났다.

'힘들더라도 내가 하고 싶은 노래, 그걸 하자.'

건우는 노래가 불러오는 작은 기적을 믿었다. 전쟁을 멈추게 하거나 굶어 죽는 사람들을 살릴 수는 없겠지만 3분 남짓한 시간 동안 즐거움과 감동, 그리고 위로 정도는 줄 수 있을 것이다. 과거를 넘어 현재의 자신에게 전해진 힘은 그런 작은 기적을 위해 존재하는 것인지도 몰랐다.

'그러고 보니……'

올해 재계약을 해야 했다.

벌써 계약 종료 기간이 몇 개월 앞으로 다가왔다. 건우는 3년 계약을 했기 때문에 올 겨울에 YS와의 계약이 끝나게 되었다. 석준은 계약에 대해서 먼저 말하지 않았다.

건우는 석준이 자신에게 부담을 주지 않기 위해 말을 아끼고 있다고 생각했다.

'만약 뜻이 다르다면 어쩔 수 없겠지.'

마음이 무거워졌다.

건우는 석준과 계속 같이 일하고 싶었다. 다른 소속사에서 억만금을 준다고 해도 석준에게서 떠나고 싶지는 않았다. 그러나 자신의 가는 방향과 YS의 뜻이 다르다면 어쩔 수 없었다.

건우는 작업실에서 나왔다. 시계를 보니 벌써 새벽이었다. 상당히 긴 시간을 작업실에서 고민한 것이다. 시간이 아깝지 않았다. 고민할 가치가 충분히 있었다.

'사옥에 가야겠군.'

석준은 요즘 엄청 바쁘니 미리 약속을 잡아야 했다.

그래미상의 영향으로 YS의 주가는 하늘을 찌르고 있었다. 일단 그 중심에는 당연히 건우가 있었다. 그리고 그래미상으로 프로듀싱 능력을 다시 한번 인정받은 석준이 대표로 있는 곳이었다.

한국 최고의 소속사를 꼽으라면 이제는 모두 YS를 꼽을 것이다. 연예인 지망생들이 넘쳐나고 있는 한국에서 10대 청소년들이 가장 가고 싶어 하는 소속사 역시 당연히 YS였다. 건우가 듣기로는 연습생을 뽑는 YS 오디션에 엄청난 인파가 몰렸다고 한다.

하루하루 무척이나 바쁜 석준이었지만 건우가 만나자고 하면 바로 시간을 만들어줄 것이다.

'참 길다면 길고 짧다면 짧았네.'

보조 출연부터 시작해서 YS와 계약을 할 때가 어제 같았다. 돌이켜 보니 지금까지 해온 일들은 상당히 많았다. 드라마 두 편, 예능 출연, 싱글 앨범, 할리우드 영화에 이르기까지 다양했다.

이런저런 생각과 함께 핸드폰을 살펴보니 사진이 잔뜩 있었다. 건우는 사진을 보다가 피식 웃고는 잠자리에 들었다.

　　　　　*　　　　　　*　　　　　　*

　건우가 연락을 하니 역시나 석준은 바로 시간을 만들었다. YS 오디션 때문에 바빴지만 시간을 못 낼 정도는 아니라고 했다.

　건우는 차고의 문을 열어 차를 바라보았다. 조금은 허름한 느낌이 나는 국산 중형차가 주차되어 있었다. 건우의 차가 아닌 YS의 차였다. 돈이 상당히 많아 이제는 부자라고 부를 수 있는 건우에게 어울리지 않는 차였지만 건우는 왠지 정감이 갔다.

　'그래도 차를 뽑기는 해야겠지.'

　사치를 부려보는 것도 나쁘지는 않았지만 건우는 가격이 어떻고 간에 마음에 드는 차를 살 생각이었다. 국산이든 외제든 상관없었다.

　건우는 차를 몰고 사옥으로 향했다. 조금이지만 드라이브를 하니 기분이 조금 나아졌다. 복잡한 머릿속이 정리되는 느낌이었다.

　익숙한 YS 사옥이 앞에 보였다. 그러나 펼쳐진 풍경은 색달랐다.

　'뮤직넷이랑 콜라보를 한다고 했었지?'

사옥 주변에 아이돌 팬들뿐만 아니라 기자들까지 몰려와 있었다. 뮤직넷의 방송 카메라도 보였다.

건우는 석준에게 음악 방송 채널인 뮤직넷과 콜라보를 해서 YS 오디션을 진행한다는 소리를 들은 적이 있었다. 오디션에 합격해도 연습생 신분이 되지만, 뮤직넷에서 방송되면 연습생이라고 하더라도 데뷔 전에 인지도를 쌓을 수 있어 긍정적인 측면이 있었다. 뮤직넷도 최대의 관심사인 YS 오디션을 방영할 수 있어 좋았다.

'외국 팬들도 많군.'

YS 사옥은 관광지화가 되어 있었다. 여러 관광 책자에 실릴 정도라고 한다.

YS 사옥 근처에는 유난히 카페들이 많았다. 그리고 사람들로 늘 붐볐다. 카페에서 대기하고 있다 보면 사옥에 들어가는 소속 연예인들을 볼 수 있었기 때문이다. 운이 따라야 하기는 했지만 말이다.

건우는 차를 끌고 사옥으로 진입했다. 프리 패스로 안으로 들어가고 싶었지만 입구에서 제지를 당했다. 오랜만에 오다 보니 그런 것 같았다.

경비원이 다가와 창문을 두드렸다. 건우가 창문을 내렸다.

"방문 차량은 이리로 들어오시면⋯ 억? 이건우 씨 아닙니까?"

"안녕하세요?"

"제, 제가 얼마 전에 새로 들어와서 몰랐네요. 아. 그… 정말 팬입니다."

"감사합니다. 들어가도 되나요?"

"네! 바로 번호판 등록해 드리겠습니다! 앞으로는 바로 들어가실 수 있으실 겁니다!"

보안이 예전보다 더 확실해진 것 같았다.

건우는 바로 사옥 주차장으로 진입했다. 확장 공사가 진행되어서 그런지 사옥의 전경도 달라져 있었다. 메인 사옥 옆에 체육관도 생겼고 야외 공연을 할 수 있는 공간도 마련되어 있었다. 점점 더 발전해 나가는 모습에 건우는 뿌듯했다.

'참가자들이 역대 최고로 많다더니 진짜 엄청 많네.'

가슴에 큰 번호표를 달고 체육관 안으로 들어가는 오디션 참가자들이 보였다.

YS 오디션은 까다롭기로 유명했다. 실력은 당연히 전제가 되어야 했고, 전문가들을 모셔와 기본 소양 시험, 인성 검사, 체력 테스트, 건강검진 등 거의 기업의 공채 수준으로 뽑았다.

서점에 'YS 시험 과목 완전 정리!'라는 책이 10대들에게 불타나게 팔릴 정도였다. 수학, 영어, 국어, 역사를 비롯한 과목의 시험은 꽤나 고난도라 연예인을 지망하는 이들이 공부를 시작하는 기이한 사회적 현상까지 낳았다.

'YS 연습생은 공부도 잘해야 될 수 있다!' 이런 말들은 이제 사실로 굳어졌다.

길게 생각해 보면 긍정적으로 볼 수 있었다.

'모두 다 데뷔할 수 있는 건 아니니까.'

최소한 자립할 수 있는 기초 능력을 키워줘야 했다.

이미 합격해 있던 연습생에게도 기본적인 공부를 시킨다고 한다. 건우는 석준의 그런 정책이 좋다고 생각했다.

"어? 이건우……!"

"미쳤어. 대박!"

"헐! 실물 봐."

가슴에 번호를 달고 체육관으로 향하던 오디션 참가자들이 건우를 보더니 난리가 났다. 그러나 다가오지는 못했다. 그저 멀리서 바라보며 넋을 잃을 뿐이었다.

"건우님이 오셨다고?"

"어디? 진짜야?"

"에이 거짓말!"

"진짜라니까! 저기……!"

이건우 목격담이 참가자들 사이에 순식간에 퍼져 자신의 차례가 아님에도 불구하고 체육관 근처로 밀려들기 시작했다. 괜히 관심을 주었다가는 큰 소란이 생길 것 같아 건우는 바로 사옥으로 들어갔다.

"음……."

예전보다는 얌전해졌지만 그래도 입구는 요란했다. 그래미 어워드에서 찍은 사진들로 도배가 되어 있었다. 건우의 사진도 물론 크게 걸려 있었다.

건우는 무엇보다 밀랍 인형을 치운 것이 마음에 들었다. 그건 아무래도 대단히 부담스러웠기 때문이다.

'내일 올걸 그랬나?'

직원들도 대단히 분주한 느낌이었다. 자신을 보자 깜짝 놀라는 모습을 보니, 방해가 되는 것 같아 미안해졌다. 기다릴 생각으로 대표실로 갔는데 낯익은 인물이 보였다.

서류를 들고 급하게 움직이다가 건우를 보더니 멈춰 섰다. 그의 얼굴에는 무척이나 반가운 기색이 떠올랐다. 건우도 마찬가지였다.

"안녕하세요? 오랜만이네요."

"오! 건우야! 하하!"

요즘 명곡 제조기라고 불리고 있는 린다였다. 엔지니어로서 그래미상에 이름을 올려 그의 이름은 더욱더 유명해졌다.

"네 덕분에 살맛 난다. 하하! 아! 미국 갔어야 했는데! 너무 바빠서… 응? 넌 어째 미국 갔다 오니 더 잘생겨졌다?"

"뭐, 저야 늘 잘생겼죠."

"크흐흐! 그래, 그래. 너만은 내가 인정하마. 대표님 기다려?"

건우는 고개를 끄덕였다.

"안 바쁘다고 해서 왔는데, 엄청 바쁘신 것 같네요."

"뭐, 대표님은 미국에서 돌아온 이후에 계속 바빴지. 다 네 덕분이다. 흐흐. 옆에 지어진 체육관 봤어?"

"네, 꽤 좋던데요?"

"그거 이름이 GW 체육관이야."

"GW요? 음? 설마……."

건우의 말에 린다는 고개를 크게 끄덕였다. 건우는 어이가 없어 입이 조금 벌어졌다. 체육관의 이름을 자신의 이름을 따서 붙였기 때문이다. 건우는 늘 석준이 상상 그 이상을 보여 준다는 생각이 들었다.

"대표님이 네가 체력의 중요성을 강조했다던데."

"오래전에 그냥 지나가듯 말한 건데요."

"그러냐? 뭐, 좋게 좋게 생각해라. 혹시 또 아냐, 네 동상이라도 세울지."

"제발 그것만큼은 참아줬으면 좋겠네요."

린다는 피식 웃었다. 린다도 건우의 이름을 따서 지을 만하다고 생각했다. 건우 덕분에 회사의 수익이 엄청나게 늘어났으니 말이다. 체육관은 건우가 지은 것과 다름없었다.

"오디션은 어떤가요?"

"뭐… 똑같지."

"참가 인원이 엄청 많아진 것 같은데 똑같아요?"

린다는 고개를 끄덕였다.

"그렇더라고. 작년에 비해 3배가량 늘었는데, 정작 볼만한 애들은 별로 없어. 뽑히는 숫자는 오히려 더 줄었어. 기준이 훨씬 까다로워졌거든."

"음, 그렇군요."

"그냥 겉멋만 들고 공부하기 싫어서 온 애들이 대부분이야. 이 업계에서 살아남으려면 차라리 학교 공부가 재미있어질 정도로 처절하게 해야 해. 그리고 재능도 있어야 하지. 당장 노래를 잘하는 사람들은 넘치잖아."

린다가 진지한 표정으로 말했다.

건우는 마음 한구석이 뜨끔했다.

기억을 찾기 전 건우도 린다가 말하는 대부분 중 하나였다. 공부가 싫어서, 그저 조금 잘난 얼굴만 믿고 도피성으로 연예인이 되어보겠다고 했던 부분도 분명이 존재했다. 무대에 서기까지 얼마나 많은 노력을 해야 하는지 모르는 이들이 너무 많았다. 그리고 그런 피나는 노력을 했음에도 불구하고 실패하고 좌절하는 이들이 얼마나 많은지는 더더욱 모를 것이다.

"그런 준비가 안 된 애들은 혹독하게 야단쳐서 돌려보내야 해. 괜히 희망을 주면 안 돼."

"조금 씁쓸하군요."

건우는 고개를 끄덕이며 말했다. 연습생 시절을 통과해 데뷔한다고 해도 성공을 맛보는 이들은 적었다. 많은 시간, 처절한 노력, 그리고 운이 필요한 곳이 바로 연예계였다.

노래가 진짜 좋아서 온 이들이 얼마나 될까?

건우는 문득 그런 생각이 들었다.

시선이 느껴져 뒤를 바라보니 연습생들이 잔뜩 몰려와 건우를 바라보고 있었다.

"진짜 계셔."

"와… 그림 같아."

"건우 선배님이 이쪽 보신다!"

"평생 운 다 쓴 것 같아."

연습생들이 수근수근거렸다. 린다의 눈썹이 꿈틀거렸다.

"야! 니들 안 내려가? 대표님실 앞까지 몰려와서 뭐 하는 짓이야?"

"꺄악!"

"도망치자!"

린다가 호통치자 비명을 지르며 도망쳤다. 린다는 한숨을 내쉬었다. 그러면서도 연습생들의 모습이 귀여운지 피식 웃어 넘겼다.

잠시 이야기를 나누니 석준이 올라왔다.

"오! 건우 왔냐! 린다, 너 바쁜 건우 붙잡고 있지 말고 빨리 내려가 봐."

"에휴, 알겠습니다. 건우야, 조만간 술 한잔 하자!"

건우는 석준과 함께 대표실 안으로 들어왔다. 석준은 서류를 책상 위에 올려놓고 직접 커피를 타주었다.

"내일 올걸 그랬나 봐요."

"무슨 소리! 감히 월드스타 이건우를 기다리게 할 수는 없지!"

"하하……."

석준은 소파의 등받이에 등을 깊게 기대었다. 아침부터 이어진 일정이 꽤 힘들어 보였다.

"다 좋아하는 가수로 너를 뽑더라."

"그래요?"

"근데 네 노래 부른 애들은 다 탈락했어."

건우의 노래는 공식 오디션 금지곡이었다. 부르면 다 탈락한다는 전설의 곡 중 하나였다. 건우는 석준과 잠시 이야기를 나누다가 본격적으로 이야기를 꺼냈다.

"제 정규 앨범 작업과 관련해서 말씀드리고 싶은 게 있어요."

잠시 긴 숨을 내쉰 건우는 석준에게 자신의 생각을 이야기했다. 노래의 본질에 대한 고민부터 앞으로의 작업 방향까지 전부 말했다. 석준은 건우가 이야기를 하는 동안 한마디도 하지 않고 건우의 말을 전부 들어주었다.

건우는 말을 끝내고 깊은 숨을 내쉬었다.

건우는 석준을 바라보았다. 잠시 침묵이 가라앉았다. 석준은 두 눈을 감고 고개를 끄덕였다.

벌떡!

석준이 갑자기 자리에서 일어났다. 그러더니 건우에게 다가와 건우를 끌어안고는 크게 웃었다.

"크하하! 이 형님은 감동했다. 감동했다! 건우야!"

"네?"

"그래! 네 마음대로 해! 하고 싶은 거 다 해라!"

석준은 고개를 끄덕이며 건우를 바라보았다.

"괜찮겠어요? 지금까지 만든 곡들을 전부 다 엎어야 하는데요."

"그래. 생각해 보면 우리도 반성할게 많아. 아름다운 모든 것들이 성공하고 나서 노골적으로 해외시장을 노려서 작업했었지."

석준은 기쁜 듯 보였다. 그도 뮤지션이었다. 그가 여태까지 해온 고민들을 건우가 하고 있으니 석준은 건우가 대견했다.

요즘 가요계에 계속해서 '아름다운 모든 것들'과 같은 분위기의 노래가 쏟아져 나오고 있었다. 말은 안 하고 있었지만 YS 소속 작곡가들도 은근히 그런 경향이 있었다. 해외 진출을 위해 노골적으로 영어를 삽입하거나 후크 위주의 노래를 만드는 추세였다. 그게 꽤 좋은 성적으로 다가오니 석준도 잠시 눈이 멀었던 것 같았다.

석준은 자신도 그랬듯이 건우에게 가장 필요한 것도 알고 있었다.

"건우야."

"네."

"이번 정규 앨범. 네가 전부 작업해 봐라."

"네?"

좀처럼 잘 놀라지 않은 건우는 놀란 표정으로 석준을 바라보았다. 석준은 씨익 웃었다.

"음, 아무한테도 안 가르쳐 준 건데, 내 노하우를 전부 알려주마. 성공하든 실패하든 그런 건 신경 쓰지 말고 네가 가장원하는 노래를 만들어봐."

"원하는 노래……."

"그래, 아무것도 신경 쓰지 말고 해봐. 전폭적으로 도와줄게."

건우는 고개를 끄덕이며 피식 웃었다.

아름다운 모든 것들은 건우에게 가수로서 엄청난 영광을가져다준 노래였다. 성공만을 위해 앨범 작업을 한다면 그 무게에 짓눌릴 것이다. 지금까지의 성공이 앞으로의 음악 인생에 독이 될 수도 있었다. 건우는 중요한 기로에 자신이 서 있다는 것을 깨달았다.

배우로서는 요정왕, 가수로서는 아름다운 모든 것들.

그것들을 벗어나는 것이 건우가 한 단계 더 발전할 수 있는 길이었다.

"고마워요."

건우가 고맙다고 하자 석준이 부끄러운지 손을 휘저었다. 무거웠던 마음이 전부 사라졌다.

석준을 만나니 괜한 고민을 한 것 같은 기분이 들었다. 석준은 그런 사람이었다.

건우가 계약 이야기를 꺼내자 석준이 눈을 깜빡이더니 건우를 바라보았다.

"아! 그러네. 이야, 세월이 참 빠르구나."

"잊고 계셨어요?"

"음? 아하하, 설마 그럴 리가. 크흠."

건우의 생각과는 다르게 석준은 계약에 대해서 깜빡 잊고 있었던 모양이었다.

어색하게 웃는 석준의 모습에 건우도 따라 웃었다.

아주 많은 소속사들이 안타까워하겠지만 다른 곳에 갈 마음도 없고, 혼자 회사를 차리겠다는 그런 생각도 없었다. 최근 들어 번 돈으로 무언가 의미 있는 일을 하고 싶다고 말하자 석준 역시 함께 고민해 주었다. 건우는 더 생각할 것 없이 YS가 해줄 수 있는 최고의 조건으로 다시 계약하기로 합의했다.

전 세계를 뒤져도 이보다 더 좋은 파트너를 찾을 자신이 없었다.

건우의 정규 앨범 프로젝트는 대폭 변경되었다. 일단 건우의 정규 앨범을 위해 만들어진 곡들이 전부 빠지게 되었다. 앨범의 주제와 큰 틀까지 잡혀 있어서 빠르게 진행될 줄 알았지만 이제는 모두 백지가 되었다.

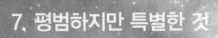

7. 평범하지만 특별한 것

건우의 앨범에 곡이 올라가는 것만으로도 대박은 예약되어
있다는 것이 작곡가들의 생각이었다.

    그렇기에 린다와 여러 작곡가들이 대단히 아쉬워할 수밖에
없었다.

    그런 프로젝트 변경 때문에 내부의 불만이 나온 모양이었
다.

    건우의 정규 앨범이 나올 거라는 것은 알려진 사실이었지
만 자세한 내용은 극비였다.

    워낙 전 세계적인 관심을 받고 있는 부분이라 하나하나가

조심스러울 수밖에 없었다. YS는 극도로 말을 아끼고 있던 상황이었다.

그러던 중 작곡가 하나가 외부로 정보를 유출했다. 기사가 난 것이다.

<이건우, 정규 앨범 백지화?!>

이건우의 정규 앨범이 전면 백지화되었다.

YS 소속 작곡가의 말에 따르면 이건우 본인의 의지로 그동안 작업해 왔던 모든 것을 취소하고 전면적으로 다시 검토하게 되었다고 한다.

때문에 올 겨울에 예정되어 있던 정규 1집의 출시일은 불투명해졌다.

YS 소속 작곡가 A 모 씨는 그동안 작업했던 모든 것이 수포로 돌아갔다며 강한 불만을 나타냈다.

A 모 씨는 계약상 문제는 없지만 신의를 배반한 일이라며 이건우의 갑질이 문제가 있다는 입장이다.

한마음 작곡가 협회에서는 이건우의 태도가 실망스럽다는 성명을 내고 백지화를 철회해 줄 것을 요구 중이다.

더불어 손해배상 청구 소송도 검토하고 있다고 한다.

한편, 네티즌들은 '이건우, 이번만큼은 실망이다', '연예계에 물든 갑질 문화를 없애야 한다', '이럴 거면 미국에나 가

라' 라는 입장이다.

asd****: ㅋㅋ계약상의 문제가 없는데 뭐라는 겨.

tatt****: 와, 개소리 지리네ㅋㅋ.

sad****: 작곡가 이름이 뭐냐?

ann****: 님들 YS 입장 올라왔음.

aaa****: 이건 이건우의 명백한 잘못이다. 예정대로 작업했으면 이런 일은 없었겠지. 괜히 미국 물 먹었다고 잘난 척하는 거야. 한국 영화 안 찍고 미국 갈 때부터 알아봤음. 전형적인 기회주의자임.

—RE: daw****: 작곡가 A 씨세요?

—RE: sad****: 이런 병신도 있구나.

YS는 소식을 접하고 바로 성명을 내었다.

—건우의 앨범에 실릴 곡은 애초부터 확정된 것이 아무것도 없었고, 다른 곡들도 검토하는 단계였을 뿐이다. 계약상의 문제도, 도덕적인 문제도 전혀 없다. 건우 앨범에 들어갈 곡은 건우 본인이 정하는 것이지, YS나 다른 협회가 강요할 수는 없다. 더 이상 문제를 삼는다면 법적 대응도 검토하겠다.

YS의 내부 사정을 유출한 작곡가 A 모 씨는 바로 색출이 되었는데, 연락을 끊고 잠적했다.

A 모 씨가 기자 친구와 술자리에서 가볍게 말한 불만이 기사를 탔다고 한다.

이슈를 만들려던 기자는 비난의 폭탄을 맞았다.

이슈를 위해 흠집 내기에 나섰다는 비난을 면치 못했다.

결국 기사를 내리고 공식 사과를 전해 와서 가벼운 해프닝으로 끝나는 줄 알았지만 그렇지 않았다.

―이건우를 미국에 귀화시키자!

―그따위 대접을 받을 바에야 미국에 오는 게 낫지 않나?

―캘리포니아 주지사가 긍정적으로 검토 중이라던데?

미국 팬들 사이에서 이건우를 미국으로 귀화시키자는 이야기가 나왔기 때문이다.

루머이기는 하지만 당국에서도 긍정적으로 검토 중이라는 소리가 나오자 한국 팬들이 들고 일어났다.

어떻게 알았는지 작곡가에 대한 신상이 퍼지고 엄청난 비난이 이뤄지자 건우가 팬사이트를 통해 한국을 떠날 생각이 없다는 입장과 앨범이 미뤄진 것에 대한 사과, 그리고 비난을 자제해 줄 것을 부탁하면서 사태가 일단락되었다.

'하나하나 신중하게 해야겠구나.'

유명인의 숙명이었다.

자신의 행동 하나하나가 엄청난 영향력을 미치니 건우는 앞으로도 좀 더 신중하게 행동해야겠다고 생각했다.

이번 일은 여러모로 자신의 위치를 다시 한번 생각해 보는 좋은 약이 되었다.

잠적을 탔다가 돌아온 작곡가도 개인적으로 건우에게 사과를 해왔는데, 건우는 그를 용서해 주었다.

YS 사옥에 다녀온 이후로 건우는 앨범 작업에 집중했다.

앨범 작업 외에 소화한 스케줄은 CF가 전부였다.

커피 CF와 신발 CF였는데, 신발 CF같은 경우에는 스포츠 스타가 출연했을 때보다 매출이 훨씬 올랐다고 한다.

'첫 달에만 4배 상승했다고 했나?'

그런 소리를 들은 것 같았다.

건우가 신고 나와 광고한 신발이 '이건우 신발'로 불리면서 청소년들 사이에서 유행이라고 한다.

장애인들을 적극 고용하고 좋은 일을 많이 하는 국산 메이커였는데, 해외 대량 오퍼까지 들어와 있는 상태라고 한다.

이런저런 생각에 빠져 있던 건우는 한숨을 내쉬었다.

기지개를 펴며 결과물을 다시 검토해 보았다.

'마음에 안 들어.'

석준에게 작사 작곡에 대한 기술적인 노하우를 배우고 있는 건우였다.

미국에서도 틈틈이 공부했고 워낙 습득이 빠르다 보니 이제는 수준급 작곡가라 불러도 무방했다.

아름다운 모든 것들을 작곡할 때와 달리 어설픈 면이 거의 보이지 않았다.

쉴 새 없이 작곡한 곡들을 들어보면 분명 프로다운 솜씨였다.

완성도만 따지면 아름다운 모든 것들보다 더 좋게 느껴지는 곡도 있었다. 그러나 건우는 고개를 저었다.

'와닿지가 않는데.'

달콤한 사랑 노래도 써보고, 아주 슬픈 노래도 만들어보았다.

그런데 아름다운 모든 것들처럼 감정이 움직이지는 않았다. 건우는 아름다운 모든 것들을 너머 그 이상의 것을 만들고 싶었다.

생각해 보면 아름다운 모든 것들은 온전히 건우가 만든 것이 아니었다.

과거의 기억이 그를 도와준 것이었다. 작곡가로서의 자신은 반쪽짜리였다.

건우는 그런 생각에서 벗어날 수 없었다.

'욕심이 너무 큰가?'

머리를 식힐 필요를 느꼈다.

달력을 보니 거의 한 달 동안 작업실에만 틀어박혀 있었다. 그럼에도 작업은 전혀 진척이 없었다.

그럴듯한 노래가 하나라도 나왔다면 계속해 보았을 테지만 지금은 가망이 없어 보였다.

건우는 답답한 마음에 작업실에서 나왔다.

소파에 앉아서 조금 긴 휴식을 취했다. 그리고 다시 작업실로 돌아가려 했지만 도저히 발걸음이 떨어지지 않았다.

지금 들어간다고 해도 답답한 마음만 들 것 같았다.

이럴 때는 그냥 머릿속을 비우는 것이 제일 좋았다.

집에 있으면 그게 힘들 것 같았다.

'오랜만에 가게로 가볼까?'

어머니의 가게에 찾아가지 않은 지도 꽤 오래되었다.

홍보 활동으로 왔을 때 빼고는 가지 않았다.

집에만 잠깐 갔다 왔을 뿐이었다.

어머니는 건우에게 가게에 대한 일을 말해주지 않았다. 그저 잘되고 있다고만 말해줄 뿐이었다.

기분 전환을 하기에도 좋을 것 같았다.

건우는 그렇게 마음먹자마자 바로 가볍게 차려입고 집 밖으로 나왔다.

가볍게 차려입는다고 해도 모자와 마스크까지 착용해야 했다. 맨 얼굴로 밖에 나간 지가 언제인지 기억조차 나지 않왔다.

'깜짝 놀라시겠지.'

기습 방문이니 그럴 것이다.

건우는 늘 미리 연락을 하고 갔는데, 아무 말 없이 찾아가는 것은 이번이 처음이었다.

건우는 서울 시내에서 벗어나 어머니가 하는 가게로 향했다.

건우는 되도록이면 어머니께서 가게를 그만두고 쉬었으면 했다.

몇 번 말해보았지만 어머니는 완강하게 거부했다.

'평생 해오신 것이니 그만두기는 어렵겠지.'

집에서 쉬는 것보다 일하는 것이 좋다는 어머니였다.

그렇게 되기까지 얼마나 힘든 시간을 보냈는지 건우는 잘 알고 있었다.

건우는 어머니께 드릴 용돈도 챙겼다.

매월 돈을 부치고 있기는 하지만 이렇게 직접 드리는 것도 나름 이벤트 같아 좋았다.

통장에 찍히는 돈보다 이런 현금이 훨씬 와닿는 법이었다.

집 주차장에 차를 대놓고 가벼운 발걸음으로 가게를 향해 갔다.

가게와 가까워질수록 노래로 가득 찬 머릿속이 가벼워지는 느낌이 들었다.

미국을 떠나 한국에 오면서 무언가를 보여줘야 한다는 조바심이 있었던 것 같았다.

비우는 것이 가장 어렵다는 것을 건우는 잘 알고 있었다.

"어? 저건 한정판 이건우 올 블랙 신발? 혹시 진짜 건우님?"

"에이, 아니겠지."

"그런가?"

"아냐! 맞는 것 같아."

"이년, 이건우, 이건우 하더니 미쳤네."

"야! 이건우라고 하지마라. 건우님이라 불러라. 건우님이 네 친구냐?"

저녁 시간이라 그런지 근처 학교에서 빠져나온 학생들이 많이 보였다.

야자를 앞두고 군것질을 하러 나온 것 같았다.

옛 생각이 났다.

짧은 고등학교 생활이었지만 야자 시간에 늘 몰래 나와 놀곤 했다.

건우는 학생들을 바라보다가 가게로 걸음을 옮겼다.

뒤를 슬쩍 보니 방금 떠들던 학생들이 조심스럽게 따라오고 있었다.

'도대체 어째서 이렇게 금방 알아보는 거지?'

눈이 드러나 있다고는 하지만 얼굴의 대부분을 완벽히 가렸다.

무척이나 수상쩍기는 하지만 자신이라고 단번에 알 수는 없을 것 같았다.

그러나 건우의 말도 안 되는 비율과 분위기, 혹은 어떤 아우라 같은 것은 가릴 수 없는 것이었다.

'따라오다가 말겠지.'

파파라치가 아니라 학생들이라 힘을 쓸 수는 없었다.

이럴 때는 그냥 조용히 무시하는 것이 좋았다.

그러는 사이에도 어머니의 가게는 점점 가까워졌다.

"응?"

건우는 색다른 풍경을 보고 잠시 멈춰 섰다.

가게 앞에 긴 줄이 있었고 대기석까지 따로 만들어져 있었다.

건물을 매입하고 주변을 잘 꾸며서 그런지 사람이 많아도 복잡해 보이지는 않았다.

어마어마하게 인기가 많아 보였다.

좀처럼 놀라지 않는 건우가 깜짝 놀라 한동안 바라보고 있을 정도였다.

"저기 얼마나 기다려야 해요?"

"몇 번이시죠?"

"276번이요."

"아, 5분만 더 기다려 주시면 됩니다."

대기표를 나눠주고 있는 알바생이 보였다. 어머니 혼자 했던 걸 떠올려 보면 눈부신 성장이었다.

"275번 손님! 4명이시죠?"

"아, 네!"

"안내해 드릴게요!"

"와! 한 시간 기다렸어요."

손님들은 엄청 기대된다는 표정이었다. 작은 흥분마저 찾아볼 수 있었다.

건우는 그 모습을 보며 입가에 미소가 지어졌다.

간판도 새롭게 바뀌어 있었다.

'건우네 식당'이라고 써진 간판은 화려하게 빛나고 있었다.

가게에 관한 모든 것은 당연히 어머니가 지휘했고, 건우는 석준에게 그런 어머니를 도와달라고 부탁했었다.

그래서 그런지 어머니의 가게는 한국에 홍보를 하러 왔을 때보다 훨씬 큰 규모로 성장해 있었다.

'어머니가 의외로 사업 수완이 좋으신가?'

자신이 어머니를 잘 몰랐던 것 같았다. 대기소를 지나쳐 안으로 들어갔다.

건우는 안을 둘러보았다.

확장 공사가 끝나 분식집이 아니라 일반 식당처럼 넓었다.

주 메뉴는 건우가 만든 것 위주의 독자적인 퓨전 음식이었다.

일단 보이는 알바생들만 해도 3명이나 되었다.

주방을 슬쩍 보니 어머니를 보조해 주는 젊은 청년들도 보였다.

총 5명의 인원이 어머니의 식당에서 일을 하고 있었다.

'화려하네.'

석준과 YS 식구들의 사진이 벽에 가득했다.

그리고 가장 큰 면적을 차지하고 있는 건 역시 건우의 사진이었다.

요정왕의 모습과 여러 화보에 나온 모습이 잘 정리되어 붙어 있었다. 모두 쉽게 구할 수 없는 것들이었다.

'이건우 그래미 수상 기념! 음악인들에게 15% 할인! 올해 말까지!'

'학생증 인증 시 20% 할인!'

음식도 싼 편이었는데 여러 가지 할인 혜택이 있었다.

아마 음식도 굉장히 맛있을 것이다.

맛에 대한 것은 건우가 보장하고 있었다.

"아! 저기 손님! 대기표 받으셔야 하는데……."

"손님! 그리로 가시면 곤란합니다."

건우가 가게를 활보하며 여기저기를 둘러보자 직원들이 제지했다.

직원들이 곤란해했고 손님들이 쳐다보았다.

건우는 어느새 진상 손님이 되어 있었다.

건우는 대학생 정도로 보이는 여직원을 바라보았다. 어떻게 일하고 있나 궁금했다.

"여기 일할 만한가요? 시급은 어떤가요?"

"아, 혹시 오늘 면접 보시기로 한 분이세요?"

"네?"

"왜 이렇게 늦었어요! 면접 시간에 30분이나 늦으셨네. 또 얼굴은 왜 가리셨나요? 헷갈리게. 아, 안 그래도 오늘 방송 있어서 바빠 죽겠는데."

여직원이 빨리 오라는 듯 손짓했다. 짜증이 섞여 있었다.

"네! 손님! 바로 가져다 드릴게요~"

그러나 손님들에게는 굉장히 친절하고 나긋나긋했다.

그러다가도 직원들에게는 칼같이 날카로웠다.

건우는 마치 연기자처럼 얼굴이 바뀌는 그녀의 모습에 감탄했다.

연기의 길로 간다면 잘될지도 모른다는 생각이 들 정도였다.

'누굴 닮았는데……?'

건우는 고개를 갸웃했다.

생각날 듯 생각이 나지 않았다.

여직원이 빨리 오라고 더욱 빠른 손짓을 하자 건우는 잠시 눈을 깜빡이다가 따라갔다.

직원용 휴게실이 따로 있었는데, 일하다가 휴식을 취하기에 충분히 넓어 보이는 공간이었다.

그 안에는 TV도 있었고 커피포트도 보였다.

테이블에는 믹스 커피가 놓여 있었는데, 건우가 찍은 커피 브랜드였다.

직원 휴게실 여기저기에도 건우의 사진이 붙어 있었다. 그리고 진희의 사진도 보였다.

"여기서 기다리세요. 사장님! 여기 면접자 있어요!"

"으응? 면접? 그건 분명……."

건우의 어머니가 이상하다는 표정으로 다가왔다.

건우는 의자에 앉았다.

'아!'

누굴 닮았는지 뒤늦게 깨달았다.

여직원은 진희를 빼닮았다. 건우의 어머니와 여직원이 같이 들어왔다.

건우의 어머니는 건우를 보자마자 놀라더니 피식 웃었다. 역시 단번에 알아차리는 어머니였다.

"너, 여기서 뭐 하니?"

"면접 보러 왔는데요."

"참 나. 그래, 잘할 수 있겠니?"

어머니의 말에 건우는 웃음을 터뜨렸다.

"저야 뭐, 다 잘하죠. 노래와 연기가 특기이기는 한데, 요리도 사장님보다 더 잘할걸요."

"얼씨구."

"잠깐만요! 사장님께 무슨 무례에요! 사장님, 면접 더 볼 것도 없어요!"

여직원이 건우를 쏘아보았다.

신입의 기를 확실히 잡겠다는 의지가 확고했다. 눈빛이 아주 이글이글거렸다.

어머니는 그 모습이 귀여운지 그녀의 머리를 쓰다듬었다. 애정이 뚝뚝 묻어나왔다.

"어이구, 우리 진아, 착하네."

진아의 얼굴에 순식간에 미소가 서렸다.

건우는 그 모습을 보며 조금 어이가 없었다.

어머니의 저런 모습을 언제 봤는지 기억도 나지 않았다.

자신이 기억하는 어머니는 조금 무뚝뚝한 스타일이었다.

건우는 황당했다.

"아니, 언제 딸이 생기셨대요?"

"너보다 낫더라."

"와, 듣는 아들 서운한데."

건우는 마스크와 모자를 벗었다.

진아가 건우를 보더니 그대로 굳어버렸다. 마치 그대로 동상이라도 된 것 같았다.

너무 놀라서 숨 쉬는 것조차 잊어버린 듯했다.

"혀, 형부웁, 읍!!"

뭔가 말하려다가 다급히 입을 막았다.

아까의 그 모습은 어딜 가고 어쩔 줄 몰라 하며 허둥거렸다.

어머니의 눈에는 뭐든 귀여워 보이는 듯했다. 건우는 미소를 지으며 그녀를 바라보았다.

"진희 누나 동생분이죠?"

"네? 아, 네! 마, 맞습니다! 마, 마, 만나 뵙게 되어 여, 영광입니다."

"하하, 저도 영광입니다. 누나한테 자주 들었어요. 사이가 아주 각별하다고……."

"네? 그 멍청… 아, 아니, 언니는 그런 말 안 하던데… 아……."

진아는 말을 이어가지 못했다. 눈빛이 멍했다.

정신이 나간 것 같았다.

건우의 어머니는 흐뭇하게 그 모습을 바라보았다.

"어떻게 된 거예요?"

"진희, 그 애가 도와주다가 동생을 데려왔는데, 얼마나 싹싹한지 일을 너무너무 잘하더라. 그래서 고용했지. 알바가 아니라 정직원이란다."

"어머니, 완전 진짜 사장님이네."

"그럼."

식당에서도 김진아 팀장으로 불렸다.

알바생들을 직접 관리하는 위치라고 한다. 월급도 꽤 높았다.

웬만한 중견 기업 수준이었다.

'진짜 경영 잘하시네.'

알바생들도 최저 시급에 맞추지 않고 그 이상을 챙겨주니 그들 각자도 주인 의식을 가지고 잘하고 있었다.

물론 여러 가지 특수한 상황이 겹쳐서 나온 결과물이지만 건우는 뿌듯했다.

어머니의 식당은 건우에게도 무척이나 소중한 장소였다.

"아! 바쁘신 것 같은데, 도와드릴게요."

"괜찮겠니?"

"그러려고 온 건데요. 요즘 한가해서 괜찮아요. 어머니는 좀 쉬세요."

건우는 앞치마를 두르고 바로 주방으로 갔다. 요리를 하고 있던 이들이 깜짝 놀라며 건우를 바라보았다.

"이, 이건우?!"

"허억."

보조 요리사들도 깜짝 놀랐다.

가게가 이렇게 커지고 나서 건우가 온 것이 처음이었기 때문이다.

건우는 반갑게 인사를 하고는 바로 식칼을 잡았다.

"4번 테이블, 건우네 짬뽕이요. 아! 좀 더 맵게 해달… 꺄악! 어, 어떡해."

다른 알바생이 비명을 질렀다. 다행히 주방은 식당 좌석으로 노출이 안 되어 있어 손님들은 알아차리지 못했다.

"맵게 해달라고요?"

"네? 아, 네!"

"다른 건요?"

"부, 불러드릴게요. 후우, 자, 잠시 심호흡 좀 하고……."

알바생이 부들부들 떨리는 입술로 불러주었다.

건우를 힐끔 보며 심호흡을 했다.

서빙을 하러 가야 했지만 발걸음이 잘 떨어지지 않는 듯했다.

건우는 내력까지 끌어 올리며 요리를 만들었다.

엄청난 속도의 칼질과 요리 속도에 보조 요리사가 멍하니 건우를 바라보았다.

건우는 그들을 능숙하게 다루었다.

"여기서 배운 다음에 식당을 열고 싶다고요?"

"네! 열심히 배워서 하고 싶어요. 가맹점을 내고 싶은데…
사장님께서도 도와주신다고 하시고."

"오, 좋은 꿈이네요. 꼭 이루어졌으면 좋겠어요. 도울 일이
있으면 저도 도와드릴게요."

"어, 어우, 말씀만으로도 감사합니다. 저 그… 거, 건우님?"

"그냥 편하게 해주세요. 저보다 나이도 많으신데."

"아니, 제가 어떻게 감히… 건느님께……."

그의 이름은 동수였다.

주방에서는 건우의 어머니 다음이었다.

본래 요리가 특기는 아니었으나 어머니의 특별 지도로 요리
사를 꿈꾸게 되었다고 한다.

그와는 요리를 하면서 친해졌다.

본래는 말을 전혀 하지 않고 해도 밀려드는 주문을 따라가
기 힘들었지만 건우가 있으니 한결 여유가 있었다.

그렇게 시간이 지나니 그도 조금은 자연스럽게 건우를 대
했다. 일을 같이하니 금방 친해진 것도 있었고 건우의 편안한
기운이 한몫했다.

겨우 건우님에서 건우 씨로 변경이 되었다.

건우님도 불편한데, 건느님이나 건우신이라 부르는 직원도 있었다.

아주 대단히 부담스러운 호칭이었다.

"이야, 이걸 다 건우 씨가 다 개발했다고요?"

"개발까지는 아니고, 그냥 기존에 있던 거 참고하면서 한 거죠."

"크리스틴 잭슨 정식, 이것도요?"

"아, 그거요? 감독님이 자기 이름 붙여달라고 하길래 해줬어요."

메뉴는 다양했다.

요정왕 정식, 오무건우라이스, 건우짜장 등등 건우가 고안한 것들이 메뉴에 올라와 있었다.

양념에 들어가는 재료, 그리고 비율은 건우가 직접 전수해주지 않고서는 아마 짐작도 하기 힘들 것이다.

"크흐, 멋지십니다."

"동수 형, 이것 좀……"

"혀, 형이라니. 크흑… 내가 건느님에게 형 소리를 듣다니!"

동수는 감동하면서도 능숙한 솜씨로 건우를 도왔다. 진아가 고개를 빼꼼 내밀면서 건우를 바라보았다.

"저, 오, 오늘 유난히 맛있대요. 호평 일색이에요!"

"그래요?"

"네! 그냥 여기서 일하시면 안 되나요?"

"하하, 가끔 올게요."

어머니의 손맛도 대단했지만 역시 건우의 미각과 섬세함, 그리고 기운이 듬뿍 담긴 요리는 사기에 가까웠다.

맛뿐만 아니라 알 수 없는 쾌감과 상쾌함까지 주니 그건 미각이라는 감각을 초월한 영역일 것이다.

식당에 틀어놓은 음악이 건우의 귀에 들려왔다. 슬픈 발라드였다. 보컬이 꽤 슬픈 음색이었다.

'괜찮네.'

자신과 같은 힘은 없지만 마음을 먹먹하게 만들었다.

조금 들떴던 마음을 가라앉히게 만들었다.

건우가 노래를 들으면서 고개를 끄덕이자 동수가 아는 척했다.

"제가 좋아하는 노래입니다. 제가 선곡했어요. 아! 물론 건우 씨의 노래가 제일 좋습니다."

"노래 좋네요."

"네, 옛날 헤어진 여자 친구가 생각나기도 하고."

"그런 생각이 나는 게 좋나요?"

동수는 눈을 깜빡였다.

진지하게 생각해 본 적이 없는 것 같았다.

"그러게요. 음, 뭔가 나 이런 기분이다… 라는 걸 대변해

주는 것 같기도 하고… 가사 속에 주인공이 된 것 같기도 하
고……."

"가사 속의 주인공이라……."

건우는 잠시 생각에 빠졌다.

아름다운 모든 것들의 주인공은 건우였다.

그의 경험과 기억이 평범한 일상 속의 행복이라는 공감을
불러일으킨 것이다.

마치 자신의 이야기를 하는 것 같은 노래라면 어떨까?

공감을 넘어 마치 듣는 이가 가사 속의 주인공이 되는 기
분을 줄 수 있다면…….

'좋은 노래가 될 것 같은데.'

영화도 그러했다. 마치 영화 속에 들어가 있는 것 같은 몰
입감에 많은 이들이 행복해했고 열광했다.

건우는 자신이 그동안 노래를 너무 어렵게 생각한 것을 느
꼈다.

좀 더 그럴싸한 것들을 보여주기 위해, 더 나은 완성도를
위해 매달려 있었다. 투박하더라도 깊게 빠질 수 있는 것이
노래였다.

'문제는…….'

그러한 경험들이 많지 않다는 점이었다.

전생의 경험들이 도움이 될 수는 있어도 큰 공감을 불러일

으키지는 못할 것 같았다.

기억이 불완전한 부분도 있었고 현대와 무림은 완전하게 달랐으니 말이다.

건우는 고민을 길게 할 수 없었다.

밀려드는 주문을 소화해야 했기 때문이다. 그래도 실마리를 잡은 것 같아 기분이 한결 좋아졌다.

'어머니는 뭐 하시지?'

슬쩍 식당을 바라보니 손님들과 함께 사진을 찍고 계신 어머니가 보였다.

건우의 커다란 사진 앞에서 찍었는데, 밝게 웃고 계셨다.

'즐거워 보이시네.'

건우는 미소를 지을 수밖에 없었다. 잘 지내고 계신 것 같아 마음이 놓였다.

이런 행복을 지키기 위해서 건우는 더 열심히 해야겠다고 생각했다.

그리고 지금처럼 좋은 이미지로 연기와 노래를 하기로 마음을 먹었다.

필요하다면 가식적인 연기도 서슴지 않을 생각이었다.

자신의 이미지는 자신의 것만이 아니었다.

어머니, 가게, YS 식구들, 친구들까지 다 얽혀 있었다.

'괜히 나를 걸고넘어지면 이제 용서하지 않아.'

건우의 눈빛이 차가워졌다.

이번 작곡가 건도 미세하지만 자신의 이미지에 타격이 있던 사건이었다. 건우가 용서를 한 것은 이미지 회복을 위한 것도 있었다.

정신없이 요리를 하다 보니 시간이 빠르게 흘러갔다.

영업 종료 시간은 9시였다.

그때까지 손님들이 가득 차 있을 정도로 장사가 대단히 잘되었다.

건우가 건물주이다 보니 다른 것에는 신경을 쓸 필요가 없었다.

YS에서 운영 대행을 해주고 있어 건우도 편했다.

'이걸로 끝인가?'

영업시간이 끝났으니 더 이상 요리를 할 필요가 없을 것 같았다.

"사장님 PD님께서 오셨어요."

"그래, 나가마."

PD라는 말에 건우가 어머니 쪽을 바라보았다. 진아가 대신 설명해 주었다.

"오늘 미식가의 만찬에서 온다고 해서요."

"미식가의 만찬이요?"

"요즘 유행하는 먹방 프로그램이에요. 진짜 맛집에만 오는데 오늘 오기로 되어 있어요! 전날에 와서 식당 풍경을 찍고 갔고요."

건우에게 설명해 주는 진아의 표정은 자부심이 철철 넘쳐 흘렀다.

이 식당을 대단히 사랑하고 있는 것처럼 보였다.

"그렇군요. 열심히 일해줘서 고마워요."

"아, 아니에요. 저, 저는 이 식당을 세계적인 브랜드로 만드는 게 꿈이에요!"

"그렇게 될 겁니다."

건우의 말에 진아가 웃었다.

주방을 정리하고 보니 어머니가 PD와 이야기를 나누는 것이 보였다.

익숙한 얼굴의 PD였다.

뛰는 녀석들 출연 때 보았던 PD였다. 그와 함께 카메라들이 들어왔다.

대략적으로 어떤 내용을 찍을 것인지 미리 알려주는 것으로 보였다.

"어제 이야기한 대로 사장님께서 직접 요리하시는 모습을 담을게요."

"죄송해요. 제가 저녁부터 휴식이라서요. 일하고 싶지 않네요."

"네? 그게 무슨 말씀이십니까?"

PD가 눈을 깜빡였다.

영업시간이 지나 손님도 없어서 건우는 주방에서 나올 수 있었다.

건우가 PD에게 다가갔다. PD는 주방에서 나오는 건우를 보자마자 크게 놀랐다.

"헉! 이건우 씨!"

"안녕하세요? PD님. 오랜만이네요. 잘 지내셨어요?"

"그, 그럼요! 거, 건우 씨가 왜 거기서……."

"저녁부터 제가 요리했거든요."

PD뿐만 아니라 촬영 감독도 깜짝 놀라며 넘어질 뻔했다. PD는 오랜 경력답게 빠르게 정신을 추슬렀다.

"PD님. 새 프로그램인가요?"

"네, 그 유진식 씨가 진행하는 프로입니다. 뛰는 녀석들 시즌 2가 종료되면서 긴 공백 시간이 생겼거든요. 자랑은 아니지만 시청률이 꽤 좋답니다!"

PD와 이야기를 나눴다.

PD는 건우가 깜짝 출연 해줬으면 하는 바람이었다.

그러나 건우는 몸값이 어마어마하게 비싼 사람이었다. 그런 이야기를 꺼내는 것을 힘들어했다.

"건우야, 네가 나와서 홍보 좀 해주렴. 그림도 되고 좋잖니."

"음, 그럴까요?"

PD가 엄청 좋아했다.

건우는 석준에게 톡을 보내서 상황을 알렸다.

아무래도 TV 출연이니 YS의 동의가 있어야 했다.

석준은 사정을 알고 단번에 오케이했다.

건우의 어머니를 위한 일에 반대하고 싶지 않았기 때문이다.

PD가 조심스럽게 출연료 이야기를 꺼냈지만 건우는 출연료는 받지 않기로 했다.

PD에게 어머니를 좀 더 챙겨달라고 부탁하니 PD는 고개를 격하게 끄덕였다.

"건우 씨가 깜짝 등장 하는 건 어떨까요?"

"재미있겠네요."

PD와 구체적으로 이야기를 나눴다.

어머니도 굉장히 좋아하셨다.

건우는 주방에 들어가 미리 재료를 준비했다.

촬영 시간이 좀 길어질 것 같았는데 직원들은 돌아가지 않았다.

"오늘 끝나고 회식 있거든요. 참가 안 할 사람은 돌아가는데 오늘은 다 남을 것 같네요. 하하!"

동수가 알려주었다.

'가장 자신 있는 요리를 부탁했지?'

건우는 최근 개발한 신 메뉴를 떠올려 보았다.

세상에 선보이기 딱 좋은 자리였다.

건우는 모처럼 의욕이 불타올랐다.

앨범 작업으로 지쳤던 혼이 다시 살아나는 느낌이었다. 밖에서 소란스러운 소리가 들려왔다.

"와, 여기가 그 맛집이군요! 내 동생 건우가 하는 곳!"

"아니, 이건우 님이 왜 형 동생이에요?"

"내 동생 맞다니까. 건우랑 나랑은 절친이야."

"참 나."

유진식과 이진수의 목소리였다.

그들과 함께 다른 출연자들도 들어왔다.

모두 덩치가 대단히 컸다.

직원들이 멀찍이서 구경했다. 돌아가는 상황이 재미있는지 웃음이 떠나지 않았다.

그중에는 건우도 잘 아는 요리 전문가도 있었다.

"와, 여기 분들 다 예쁘시네. 안녕하세요? 사장님!"

"네, 유진식 씨 팬입니다."

"어우! 감사합니다! 영광이에요."

유진식과 어머니가 대화를 나눴다.

촬영은 이미 시작되고 있었다.

리얼 예능 프로를 표방하고 있어서 모두 카메라에 담고 있는 것이다.

유진식과 다른 이들이 식탁에 앉고 나서 본격적으로 촬영이 시작되었다.

간단한 게임을 했는데, 게임에서 지면 못 먹거나 일부만 먹을 수 있었다.

대단히 필사적으로 게임에 참가해서 지켜보는 직원들도 웃음을 터뜨렸다.

그렇게 게임을 하는 사이에 요리가 모두 끝났다. 건우의 출연이 슬슬 다가왔다.

"그럼! 도전 요리! 나와주세요!"

유진식이 사인을 받고는 바로 활기차게 말했다.

건우는 직접 큰 쟁반에 요리를 담아 들고는 주방을 나왔다.

자연스럽게 시선이 모아질 수밖에 없었다.

"허억!"

"컥!"

"꺄악!"

반응은 환상적이었다.

의자에 앉아 있다가 넘어지는 개그맨도 있었고 유진식 같은 경우에는 크게 놀라며 경기까지 일으키는 모습을 보였다.

건우는 환상적인 미소를 지으며 그들에게 다가갔다.

"거, 건느님!"

"이거 실화야? 꿈 아니지?"

특별 게스트인 것 같은 여성 연예인과 개그맨이 그렇게 말했다.

요리보다는 건우에게서 시선을 떼지 못했다. 그만큼 건우의 실물은 압도적이었다.

"주문하신 이건우 세트 나왔습니다."

건우는 능숙하게 테이블에 요리를 올려놓았다.

유진식이 멍한 표정을 지으며 벌떡 일어났다.

"거, 건우야, 네가 왜 거기서 나와."

"안녕하세요? 형님."

"우오오오오! 건우, 내 동생!"

이진수가 유진식을 밀쳐내고 건우를 껴안았다.

개그맨과 게스트가 그런 이진수를 붙잡고 떼어냈다.

"아니, 건느님께 무슨 민폐예요?"

"민폐라뇨! 저랑 건우는 의형제예요!"

개그맨이 그렇게 말하자 이진수가 자랑스럽게 대답했다.

그러며 건우를 바라보았다.

건우는 그 시선을 외면했다.

"누구신지 잘……."

"거, 건우야……?"

"농담이에요."

유진식이 간신히 상황을 정리하기 시작했다.

건우가 직접 만들었다고 하니 모두 놀랐다.

그리고 가게에 있는 인기 메뉴는 모두 건우의 손으로 탄생했다는 말에 모두 경악했다.

"요리까지 잘하다니… 역시 사기 캐릭이네."

이진수의 말에 모두 고개를 끄덕였다.

"요리를 설명해 드릴게요."

"네!"

모두 시선이 초롱초롱했다.

본래 이 프로그램은 선을 아슬아슬하게 넘나드는 자유분방하고 정리 안 되는 그런 분위기가 특징이었는데, 건우의 한마디에 모두 따르고 있었다.

건우는 부드러운 목소리로 요리를 설명해 주었다.

"그럼 맛있게 드십시오."

건우가 그렇게 인사하며 물러나자 모두 아쉬운 표정이 되었다.

건우의 출연은 딱 거기까지였다.

연예인 이건우로서가 아니라 가게의 직원으로서 나온 것이었기 때문이다.

그래도 반응이 궁금해 멀리 떨어져 지켜보았다.

"어어억! 맛있어!"

"뭐야, 이거!"

"환상적이야!"

유진식과 이진수, 그리고 다른 이들의 표정이 황홀함으로 물들었다.

혀에서 생생하게 춤을 추는 요리의 맛은 그들의 정신을 빼놓기에 충분했다.

너무 반응이 격렬해 PD도 같이 맛을 봤는데, PD도 그러했다.

맛없는 음식은 날카롭게 비평하는 것도 특징 중 하나였는데, 그런 모습은 전혀 찾아볼 수 없었다.

"와, 나 건우한테 시집갈래."

"너 그 멘트 방송 나가면 안티 팬이 백만 명은 생길걸?"

이진수의 말에 유진식이 그렇게 말했다.

요리 전문가 백택수는 한 입, 한 입 먹으며 고개를 끄덕였다.

백택수는 날선 비판으로 유명한 쉐프이자 맛 칼럼리스트였다.

"우리 백 쉐프님의 말씀을 안 들어볼 수가 없지요! 백 쉐프님? 어떠십니까?"

백택수는 조용히 감았던 눈을 떴다. 백택수의 눈시울이 붉어져 있었다.

"그야말로 환상적! 동서양의 조화가 아름답게 춤을 추고 있습니다. 마치 외줄을 타는 듯한 맛의 경계는 혀에 소름을 돋게 했고 그 안에 숨 쉬는 알 수 없는 밸런스는 저를 그리운 고향으로 인도해 주었습니다!"

"백 쉐프님?"

"이건우 씨는 우리 한국 요리계의 신성입니다! 부디 계속 요리를 해주세요! 부탁합니다!"

백택수가 좀처럼 하지 않는 극찬이었다.

유럽으로 요리 유학을 갔다 오고 5성급 호텔에서 주방장을 했던 이가 바로 백택수였다.

그런 백택수가 프로그램을 하면서 처음으로 극찬을 한 것이다.

잠시 동안의 토크가 이어지고 맛 평가 시간이 되었다.

별 한 개부터 다섯 개까지의 간판을 주는데 요즘 젊은이들 사이에서 '맛별 간판'이라고 불리고, 방송에 나온 곳을 찾아다니는 것이 유행이었다.

"과연 몇 개의 별을 획득했을지! 들어주세요!"

유진식의 말에 모두 팻말을 들었다.

만장일치로 별 다섯 개를 받았다.

건우의 옆에서 보고 계시던 어머니가 흐뭇한 미소를 지었고 진아를 포함한 직원들도 엄청 좋아했다.

"축하드립니다! 별 다섯 개! 최초 등극입니다! 늘 백 쉐프님께서 평균 점수를 깎으셔서 지금까지 누구도 이루지 못했지요!"

"호호, 감사해요. 입구에다가 붙여놓을게요. 아! 참고로 제가 더 요리를 잘한답니다!"

어머니가 직접 맛별 간판을 유진식에게 받았다.

촬영은 그렇게 마무리되었다. 일반적인 예능 촬영이 비하면 비교적 빠르게 끝났다.

"끝났다."

"그래도 일찍 끝났네. 새벽까지 갈 줄 알았는데."

뒷정리까지 모두 마쳤다. 건우가 뒷정리를 도우니 평소보다 빠르게 끝났다.

진아와 직원들이 건우에게 다가왔다.

"팀장님, 빨리……!"

"아, 알았어요."

직원들이 진아를 밀었다. 진아가 건우에게 다가왔다.

건우는 그녀가 친근하게 느껴졌다.

아무래도 진희의 여동생이니 그럴 수밖에 없었다.

"같이 사진 찍을 수 있을까요?"

"네. 물론이죠."

건우가 그렇게 말하자 직원들이 그 자리에서 펄쩍 뛰며 좋아했다.

직원들이 우르르 몰려와 건우의 옆에 붙었다.

"동수 오빠 사진 좀 찍어줘요."

"엉? 너희 아직 안 갔냐? 촬영 전에 간다며?"

동수가 진아의 핸드폰으로 사진을 찍어주었다.

단체 사진도 찍었고 개인마다 사진을 찍어줬다. 어머니의 직원들이니 그 정도는 해주고 싶었다.

진아는 핸드폰 속 사진을 보며 씨익 웃었다.

그의 팬이기도 했지만 결정적인 이유는 그녀의 언니에게 있었다.

'참 답답하네.'

건우를 보러 미국까지 갔으면서 아무 일도 없었다는 이야기를 들었을 때 한 대 때릴까 하고 고민까지 한 진아였다.

은근히 물어보니 건우의 어머니도 마음에 들어 하는 것 같은데, 역시 자신의 언니가 문제였다.

진아는 진희에게 톡을 보냈다.

진아: 야, 뭐 하냐

진희: ㅁㄹ.

진아: 뭐 하냐고 멍청아.

진희: ㅁㄹㅁㄹㄹ.

진아: 미쳤냐? 저번에 말했던 촬영 끝났다.

진희: 안물.

진아는 인상을 팍 썼다.

분위기 파악하지 못하고 짜증 나게 구는 진희가 마음에 안들었다.

드라마도 끝나 집에만 틀어박혀 있는 모습도 짜증이 났다.

'제드먼, 그 자식이 왜 좋아하는지 모르겠네.'

진희가 집에서 제드먼 욕을 엄청 했던 것이 떠올랐다.

뭔 약을 잘못 먹었는지 내한 공연을 한다고 말하면서 진희를 꼭 초대하고 싶다고 말하고 다녔다.

진아는 고개를 설레 젓고는 다시 화면을 바라보았다. 그러다가 씨익 웃었다.

진아: 오늘 회식 있는데 나 늦게 감.

진희: ㅇㅋ.

진아: (사진 첨부)

진아가 건우와 단둘이 찍은 사진을 보냈다.

그리고 핸드폰을 주머니에 넣었다.

바로 전화가 왔다.

그녀는 피식 웃고는 무음으로 해놓았다.

'속 좀 타봐라.'

건우 쪽을 보니 아직도 집에 가지 않고 남아 있는 직원들이 보였다.

내일이 가게 휴일이라 오늘 회식이었는데, 강제가 아니었다. 보통은 진아와 주방팀, 그리고 건우의 어머니만 가게 남아서 조촐하게 회식을 했다.

게다가 오늘은 촬영이 있어서 더 늦어질 예정이었다. 그런데 오늘은 전 직원이 참여할 기세였다.

진아가 싱긋 웃으면서 직원들을 바라보았다.

"집에 안 가세요? 너무 늦어서 가셔야 할 것 같은데요? 음, 회식 참가 안 하겠다고 하신 분이……."

"하하! 팀장님! 전 약속을 취소했어요."

"전 원래 참가하기로 되어 있었는데요. 정말이에요."

직원들은 눈치를 보다가 빠르게 회식 준비를 하기 시작했다.

건우도 물론 회식에 참여할 생각이었다.

주방에서 단 둘이 어머니와 같이 회식용 요리를 만들었다.

다른 이들은 술을 세팅하고 있었다.

"요즘 잘나가시는데요?"

"그렇지? 나는 집에 있는 것보다는 가게에 있는 게 좋더구나. 오늘도 재미있었고."

"어머니, 이러다 연예인 되는 거 아니에요?"

건우의 말에 어머니가 피식 웃었다.

아까 촬영 때 보니 은근히 방송 욕심이 있는 것 같았다.

건우의 성격은 그의 어머니를 빼닮은 것이 분명했다.

"하는 일은?"

"잘하고 있어요."

"사귀는 처자는 있니?"

건우는 고개를 저었다.

지금은 누군가를 사귀거나 상황도 아니고, 준비 역시 되어 있지 않다고 생각했다.

전생의 기억도 그의 마음을 굳어 있게 만드는 이유 중 하나였다.

"아직 누군가를 만나거나 그럴 준비가 안 되었어요. 할 일도 많고요."

"건우야, 세상에 준비된 사랑은 없단다."

건우는 어머니의 말에 그저 웃을 뿐이었다.

왠지 어머니의 말처럼 그랬던 것 같았다.

가슴이 꽉 막힌 것처럼 먹먹해졌다. 건우의 미묘해진 표정을 보더니 어머니가 피식 웃었다.

"어른 다 됐네."

"제 나이가 몇인데요. 아! 맞다."

"응?"

건우는 봉투를 꺼냈다.

용돈이 들어 있는 봉투였다.

가게가 돌아가는 걸 보면 큰 의미가 없는 금액이었다. 그래도 직접 드리고 싶었다.

"어머니 용돈하시던가, 아니면 직원들 보너스라도 주세요. 오늘도 다들 늦게까지 수고했잖아요."

"뭘 이런 걸 다."

"아, 그냥 그럼 도로 가져갈게요."

"참, 말도 못 하니? 안 그래도 우리 애들 보너스 챙겨 줘야 했는데, 잘되었네. 너 참 잘 왔다."

"그걸 이제서 말해줘요?"

어머니가 봉투를 빠르게 가져갔다. 건우는 피식 웃을 뿐이었다.

회식이 시작되었다.

직원들이 모두 건우를 보느라 바빴다.

바로 앞에서 보니 좀처럼 눈을 뗄 수 없었다. 그 모습에 왜인지는 모르지만 진아가 괜히 뿌듯해했다.

회식 자리에서는 동수가 분위기 메이커였다.

"자자! 건배합시다!"

건우의 술잔을 앞다투어 챙겨주었다.

"건우네 식당!"

"만세!"

직원들이 그렇게 외치고는 술을 마셨다.

준비도 없이 척척 맞는 것을 보면 꽤 많이 이런 자리를 가진 것 같았다.

건우는 어머니가 잠시 자리를 비운 사이에 일하는 건 어떤지 물어보았다.

"여기만큼 좋은 직장 없어요."

"맞아요! 사장님이 워낙 큰손이시라 저희 팍팍 챙겨주시거든요."

"전 알바로 시작했는데, 그냥 계속 일하려고요. 건느님도 만날 수 있고 그냥 여기서 살래요."

직원들 말만 들으면 그야말로 꿈의 직장이었다.

건우의 어머니가 흰 봉투를 들고 왔다.

"보너스란다. 내 아들이 너희 챙겨주래. 오늘 수고 많았다."

"와아!"

"감사합니다!"

금액은 꽤 많은 편이었다.

직원들이 은근히 봉투 안을 보더니 놀란 표정이 되었다.

동수는 술을 조금 마셔서 그런지 눈시울을 붉혔다.

"흐엉, 건느님. 평생 따르겠습니다."

"아… 네. 근데, 그냥 건우라고 불러주세요."

"크흑, 건느님, 찬양합니다."

"아……."

동수는 말려도 소용이 없었다.

동수는 꽤 힘들게 살아왔다고 한다.

동수가 처음 가게로 왔을 때 안쓰러워서 채용한 것이 인연의 시작이었다.

"건배합시다! 건느님을!"

"위하여!"

"건느님 부디 만수무강하소서."

건우는 고개를 설레 젓고는 술잔을 비웠다.

회식은 거의 건우의 팬미팅을 보는 것 같았다.

건우가 할 수 있는 일은 그런 직원들의 호응을 받아주는 일뿐이었다.

그렇게 회식 자리가 무르익을 때쯤이었다.

문이 열리며 누군가 안으로 들어왔다.

오랜 시간 달려왔는지 숨을 무척이나 거칠게 내쉬고 있었다.

"하아, 하아. 아, 안녕하세요?"

진희였다.

건우는 고개를 돌려 진희를 바라보았다.

"오셨네요."

"오랜만이에요."

직원들이 흥분할 줄 알았지만 직원들은 의외로 덤덤한 반응이었다.

진희는 진아를 살벌한 눈으로 바라보다가 건우의 어머니를 보더니 방긋 웃으면서 인사했다.

"안녕하세요! 어머님!"

"어서 와라. 안 그래도 보고 싶었는데."

"정말요?"

"그래."

건우의 어머니가 두 손을 벌리자 진희가 쏙 하고 안겼다.

진희의 모습은 꽤 화려했다.

메이크업과 머리가 다 되어 있는 것으로 보아 스케줄을 소화하고 들린 것 같았다.

"스케줄 갔다가 온 거야?"

"으, 응? 아, 그, 그래. 잠깐 들렀어. 가게 도와주러 온 거야?"

"그냥 어머니도 뵐 겸, 겸사겸사."

진희가 건우 옆에 앉았다.

진아와 눈이 마주치자마자 살벌하게 표정만으로 무언가를 말했는데, 진아는 고개를 설레 저으며 안쓰럽게 진희를 바라보았다.

한숨까지 내쉬었다.

"진희는 이거 좋아하지?"

"아, 네! 감사합니다. 어머님."

"호호. 내가 몰래 챙겨놨어."

"와아! 어머님! 역시 미모만큼이나 자애로우십니다."

어머니가 좋은 술을 꺼냈다.

진희가 합류하니 분위기가 한층 더 살아났다. 남자들이 특히 좋아했다.

건우는 술잔을 만지작거리면서 생각에 빠졌다.

앨범을 생각하니 다시 조금 답답해졌다.

가슴이 절절해지는 노래를 만들고 싶었다.

한 번쯤은 모두가 겪었을 만한, 그런 감성이 있는 노래를 만들고 싶었다.

그러나 어디서부터 시작해야 할지 감이 잡히지 않았다.

슬픈 감정을 꺼내 노래를 부르는 것과 그러한 것을 만드는 창작은 완전히 달랐다.

"앨범 생각해?"

"응? 어떻게 알았어?"

"엄청 심각해 보여서."

"미안."

건우는 진희와 술잔을 부딪쳤다.

"잘 안 돼?"

"응, 그런 것 같아."

"신기하네. 네가 못하는 걸 처음 봤어."

진희는 건우를 신기하게 바라보았다.

진희가 기억하는 건우는 만능이었다.

외모, 연기, 노래, 그리고 운동 등등 못하는 걸 찾기 어려웠다.

월드스타.

한국에서 그 말은 지금 오로지 건우를 뜻하는 말이었다. 감히 다른 이들이 자신의 이름 앞에 월드스타라는 말을 붙이는 걸 두려워했다.

건우가 그만큼 대단했기 때문이다.

그런데 헤매고 고민하는 모습을 보니 인간적으로 느껴졌다.

건우에게는 미안한 말이지만 진희는 건우의 그런 모습이 좋았다.

자신이 무언가를 남길 수 있는 틈이 보여 좋았다.

"뭐가 어려워?"

"아무래도 내 경험이 부족한 것 같아."

"연기랑 비슷하네. 막 낯선 배역을 맡을 경우에는 연기하기 어렵잖아. 배역 연구도 엄청 하고… 그래도 어설프다고 많이 혼났는데."

"연기?"

진희는 고개를 끄덕였다.

"그래서 막 비슷한 소설도 찾아보고 영화도 보고 그랬어. 간접 경험이라도 하려고."

진희의 말에 건우의 고개가 천천히 끄덕여졌다.

자신은 연기자였다. 그리고 가수였다.

노래와 연기가 비슷하다는 것을 매번 느끼고 있었다.

건우는 이미 연기를 통해 그러한 간접 경험을 아주 많이 했다.

건우만이 가지고 있는 힘으로 수준 높은 영화나 드라마가 지닌 감정에 푹 빠져 몰입했었다.

'아예 그 인물이라고 착각할 정도로 깊게 빠진다면 어떨까?'

그렇게만 된다면 경험은 무궁무진해질 수 있었다.

예전이었다면 과도한 몰입은 정신적인 부작용이 있었다.

그래서 배역 연구를 할 때 그 배우가 어떤 감정을 하고 어떤 식으로 연기를 하는지를 흡수하여 터득하는 선에 그쳤다.

그러한 연구를 가지고 배역을 해석해 연기를 할 때 자신만의 캐릭터를 만들어 몰입할 수 있었다.

요정왕이 그러했다.

촬영할 당시에는 건우는 완벽한 요정왕이었지만, 그 안에 이건우라는 자아가 중심이 되었다.

자신이 몰입은 하지만 냉철하게 주변을 살필 수가 있었다. 그것은 촬영이라는 한계상 어쩔 수 없는 일이었다.

너무 몰입을 해버리면 감독의 사인을 들을 수 없었고, 상대 배우도 견딜 수 없었다.

무엇보다 사고가 날 확률이 컸다. 지금까지 해온 것조차 한동안 가슴에 여운이 남을 정도였다.

'연기라는 것을 잊고 내가 나라는 것도 잠시 내려놓으면서 그저 그 인물이 되어보는 것은 어떨까?'

곡을 쓰는 것은 촬영이 아니었다.

자신이 갈 수 있는 몰입의 한계를 맛보는 것도 좋을 것 같았다.

분명 도움이 되는 새로운 경험이 될 것이다.

일반적으로 생각해 보면 분명히 주화입마에 빠질 일이었다. 그러나 화경의 문턱을 눈앞에 둔 지금은 견뎌낼 자신이 있었다.

힘들더라도 죽지는 않을 것이다.

건우는 미소를 지었다.

가야 할 방향이 보여 자연스럽게 미소가 나왔다. 완벽하게
는 아니지만 충분한 도움이 되었다.

자연스럽게 길이 드러날 것 같았다.

"고마워. 도움이 되었어."

"히힛, 좀 의지할 만하지?"

"응. 그러네."

"그런 의미에서 한 잔 받아야겠어."

건우와 진희가 마주 보며 웃었다. 진아가 둘의 모습을 보더
니 핸드폰을 꺼냈다.

"언니, 사진 찍어줄게."

"어? 어, 응."

"좀 더 붙어봐. 이거 핸드폰이 안 좋아서 잘 안 나올 것 같
아. 좀 더 붙어. 에이, 뭐해? 다정하게 좀 해봐."

진아가 손짓하자 진희가 어색하게 움직이며 건우 옆에 바
짝 붙었다.

건우도 진아의 지시를 받다 보니 어느새 다정한 포즈가 되
었다.

건우는 진아가 사람을 다루는 데 대단히 능숙한 인재라는
것을 깨달았다.

'어머니께서 든든하시겠군.'

그런 생각을 하면서 웃었다.

건우는 진희를 바라보았다.

오늘은 곁에 있는 진희가 무척이나 따스하고 든든하게 느껴졌다.

회식을 마치고 건우는 바로 집으로 돌아왔다.

어머니 집에서 자고 갈까 하다가 앨범 작업이 머릿속에서 떠나지 않아 바로 돌아온 것이다.

집에 돌아오자 적막한 공간이 건우를 반겼다. 불이 모두 꺼져 있어 너무나 어두웠다.

어둠 따위는 건우에게 큰 방해가 되지 않았기에 아무 생각도 없었을 테지만 오늘은 그 어둠이 왜인지 가슴에 와닿았다.

'아…….'

전생의 기억을 찾고 처음 느껴보는 고독감이었다. 아무것도 들리지 않는 고요함이 이상하게도 크게 다가왔다.

주화입마라도 왔나 싶어 내부를 관조해 보았지만 아무런 이상이 없었다.

오히려 굉장히 좋은 상태였다. 전신의 활력이 넘쳤고 정신은 맑았다. 체내에 알콜은 남아 있지 않았다.

'그냥 외로운 건가?'

오랜만에 느껴보는 감정이었다.

건우는 긴 숨을 내쉬며 고개를 저었다. 술에 취한 것도 아닌데 기분이 묘했다.

미국의 그 큰 집에서 홀로 있을 때조차 느끼지 못했던 기분이 지금 느껴졌다. 왜인가 곰곰이 생각해 보았지만 알 수 없었다.

어쨌든, 지금 중요한 것은 그것이 아니었다.

'완전히 그 인물이 빠져 곡을 쓸 수 있다면……'

자신의 부족한 점을 채워줄 수 있을 것 같았다.

그리고 자신 속에 잠들어 있었던 다른 것들을 깨울 수 있을 것만 같은 생각이 강하게 들었다.

마치 깨달음의 실마리를 얻었을 때와 같은 기분이었다.

"음, 일단 환경이 중요한데……."

건우는 고개를 돌려 닫혀 있는 방을 바라보았다. 방으로 다가가 문을 열었다.

텅텅 비어 있는 커다란 방이 모습을 드러냈다.

시간은 많고 급할 것은 없었다.

그러니 준비를 철저하게 하는 것이 좋을 것 같았다.

'마치 벽곡단만 먹으면서 수행할 때처럼 말이지.'

간접 체험의 끝은 역시 영상 컨텐츠들이었다.

그것은 무림이 절대 따라올 수 없는 최고의 교재였다.

아마 무공 전수를 할 때도 핸드폰 하나만 있으면 금방 성취를 올릴 수 있을 것이다.

스승의 동작 하나하나를 다 녹화해서 분석하면 되니 말이다.

건우는 피식 웃었다. 그것과는 많이 다를 것 같지만 어쨌든 필요한 작업이었다.

시간은 많았다. 넘치도록 말이다.

『톱스타 이건우』 8권에 계속…

초대형 24시 만화방

신간 100%, 샤워실, 흡연실, 수면실(침대석), 커플석, 세탁기 완비

■ 광명 광명사거리역점 ■

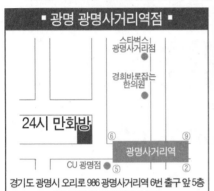

경기도 광명시 오리로 986 광명사거리역 6번 출구 앞 5층
02) 2625-9940 (솔목타워 5층)

■ 강북 노원역점 ■

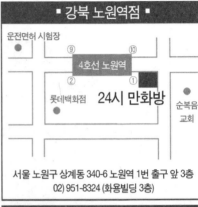

서울 노원구 상계동 340-6 노원역 1번 출구 앞 3층
02) 951-8324 (화용빌딩 3층)

■ 일산 정발산역점 ■

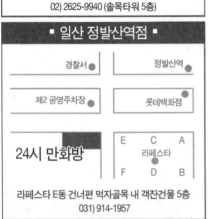

라페스타 E동 건너편 먹자골목 내 객잔건물 5층
031) 914-1957

■ 일산 화정역점 ■

경기도 고양시 덕양구 화정동 984번지 서일빌딩 7층
031) 979-4874 (서일사우나 건물 7층)

■ 부천 역곡역점 ■

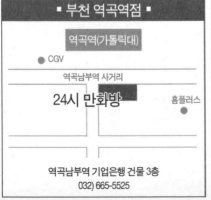

역곡남부역 기업은행 건물 3층
032) 665-5525

■ 부평역점 ■

(구)진선미 예식장 뒤 한신포차 건물 10층
032) 522-2871

FUSION FANTASTIC STORY

설경구 장편소설

저니맨 김태식

한 팀에서 오래 머물지 못하고
이 팀, 저 팀을 옮겨 다니는
저니맨(Journey man)의 대명사, 김태식!
등 떠밀리듯 팀을 옮기기도 수차례.

"이게… 나라고?"

기적과 함께 그의 인생에 찾아온 두 번째 기회!

"이제부터 내가 뛸 팀은 내 의지로 선택한다!"

더 이상의 후회는 없다!
야구 역사를 바꿔놓을
그의 새로운 야구 인생이 펼쳐진다!

Book Publishing CHUNGEORAM

유행이 아닌 자유추구—
WWW.chungeoram.com

FUSION FANTASTIC STORY 류승현 장편소설

리턴 마스터

2041년, 인류는 귀환자에 의해 멸망했다.

최후의 인류 저항군인 문주한.
그는 인류를 구하고 모든 것을 다시 되돌리기 위하여
회귀의 반지를 이용해 20년 전으로 돌아갔다. 하지만……

"어째서 다른 인간의 몸으로 돌아온 거지?"

그가 회귀한 곳은 20년 전의 자신도, 지구도 아니었다!

**다른 이의 몸으로 판타지 차원에
떨어져 버린 문주한.
그는 과연 인류를 구원할 수 있을 것인가!**

Book Publishing CHUNGEORAM

유행이 아닌 자유추구 -
WWW.chungeoram.com